Alexandra Nam-Mi 알렉산드라 남미
Henriette In-Su 헨리에테 인주
Maximilian Han-Sig 막시밀리안 한식을 위하여….

그리고 "당신의 삶을 어떻게 살았습니까?" 하고
물어보는 이들을 위하여….

2017년 가을

서울/Lippstadt

남식(Der maennliche Baum)

초판 1쇄 발행 2017년 12월 1일

지 은 이	Nam-Sig Gross
발 행 인	권선복
편 집	권보송
디 자 인	서보미
전 자 책	천훈민
발 행 처	도서출판 행복에너지
출판등록	제315-2011-000035호
주 소	(07679) 서울특별시 강서구 화곡로 232
전 화	0505-613-6133
팩 스	0303-0799-1560
홈페이지	www.happybook.or.kr
이 메 일	ksbdata@daum.net

값 15,000원
ISBN 979-11-5602-546-7 (03850)

도서출판 행복에너지는 독자 여러분의 아이디어와 원고 투고를 기다립니다. 책으로 만들기를 원하는 콘텐츠가 있으신 분은 이메일이나 홈페이지를 통해 간단한 기획서와 기획의도, 연락처 등을 보내주십시오. 행복에너지의 문은 언제나 활짝 열려 있습니다.

남식

男植

한국의 피, 독일의 국적…
두 문화 사이 한 여성의 삶

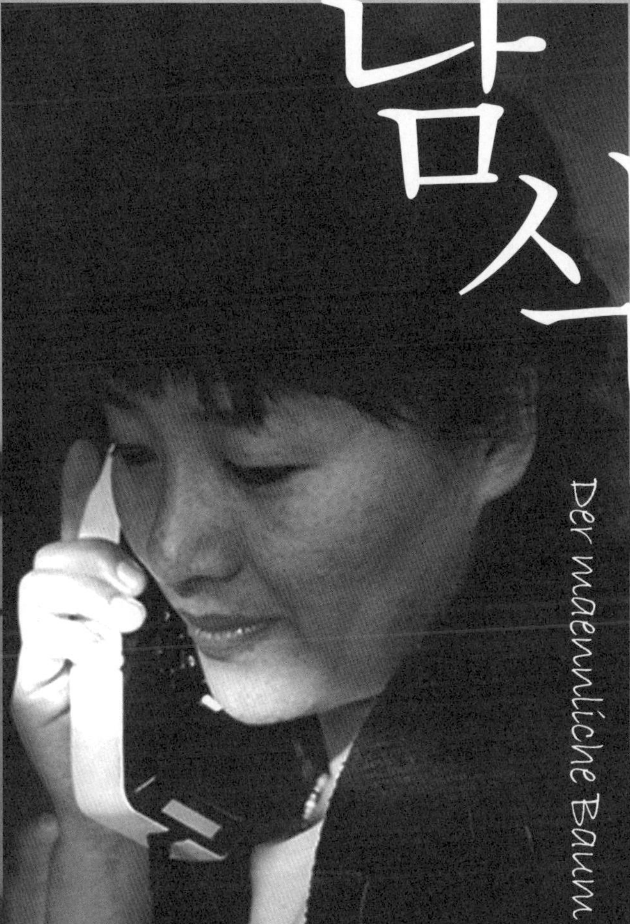

Der maennliche Baum

도서출판 행복에너지

여름 원피스를 입고 가슴에 명찰을 단 내가 김포공항에서 사랑하는 가족들과, 그리고 친구들과 헤어져야 하는 아픔을 느끼며 고국을 떠나온 지, 어느새 43년이란 세월이 흘러갔다.

지난해 10월에 독일어로 쓴 책『Der maennliche Baum남식』이 프랑크푸르트 도서전시회에서 소개가 된 후, 읽어보고 싶다는 고국의 가족들, 친구들, 그리고 알고 지내는 지인들이 언제 한국말로 읽어 볼 수 있냐고 독촉이 무척 심했다. 하지만 오랫동안 잘 안 쓰던 모국어를 써서 스스로 번역한다는 것이 도저히 용기가 나질 않았다.

그리하여 여러 곳에 전자메일로 문의를 하며 번역해 줄 사람을 찾으려고 애썼다. 많은 메일들이 오고 갔다. 우연찮게 오래전에 나의 제자로 피아노를 배웠던 학생 데니스가 다니는 파더본 대학교에서 한국어를 가르치시는 현혜숙 박사님을 소개 받았던 기억이 나서, 그분을 찾아뵙고 내 책을 한국어로 번역해 주실 수 없는지 문의를 하였다. 하지만 박사님은 "이런 글은 자신이 한국말과 글을 사용하니까 스스로 번역하는 것이 제일 이해하기도 쉽고, 뜻을 전달하기에 가장 좋은 방법"이라고 친절히 권고하셨다.

결국엔 나를 방문하러 오겠다는 친구에게 두꺼운 독한사전을 한국에서 가져오라고 부탁하여 본격적으로 스스로 번역 작업에 들어갔다. 마침 학교에서 학생들을 가르치는 수업이 중단된 여름, 가을, 그리고 겨울방학이 나에게 시간을 허락했다.

도무지 생각나지 않던 한국어가 머릿속에서 다시 살아났고, 표현하고자 하는 문장들이 마음에서 글로 하나씩 계속 이어져 갔다. 아마도 어려서 글짓기 대회에서 항상 상을 탄 덕분인지, 막연하기만 했던 모국어로 글을 쓰기 위한 어려움도 극복할 수 있었던 것 같다.

다시 한 번 현 박사님을 찾아가서 번역된 글을 보여드리며 "교정을 봐야 하는데…"하고 염려를 했더니, 쾌히 한국말 교정을 봐 주시겠다고 하셨다. 그렇게 또다시 함께 만나 섬세하고도 분명하게 글을 다듬어 나갔다. 뜻을 올바르게 전달하기 위해 이 글을 읽으실 분들을 염두에 두고 진지하게 토론하며 한 줄, 두 줄 검열 작업에 들어갔다. 그렇게 같이 몇 달 동안 노력하여 마침내 끝을 맺었다.

같이 교정하면서 한국어가 무척 까다롭고 힘들다는 생각이 들었다. 인생의 3분의 2는 이미 독일 땅에서 독일말로 지껄이며 살아온 나이기 때문이리라…. 현 박사님께서는 뜻이 엉뚱하게 표현된 것들도 다시 가다듬어 주셨고, 옛날에 썼던 문법이나 맞춤법들도 다시 개정된 것으로 바꾸어 주셨다. 얼마나 감사한지…!
현 박사님의 분주한 대학 강좌와 업무들, 그리고 나의 현재 음악 강사로서의 공무원 직책으로 인한 임무 때문에 예외로 일을 할 수 있는 자유로운 시간은 그리 많이 허락되지 않았지만, 한국말로 대화하며 맛있는 부침개와 김치 깍두기를 나누어 먹고 함께했던 많은 시간들이 어느덧 이미 지나간 시간으로 바뀌어 즐거운 추억으로 남아있게 되었다.

내가 독일어로 쓴 책의 빠른 한국어 출판을 기꺼이 맡아주신 권선복 대표님과 편집부 권보송 작가님 그리고 디자인을 맡아주신

서보미님께 많은 감사를 드리며, 내 책을 한국어로만 이해할 수 있는 사람들에게 건네줄 수 있다는 나의 자부심과 기쁨은 감출 수 없다.

2017년 가을을 맞이하며

독일 Lippstadt에서
Nam-Sig Gross(남식 그로스)

차례

1.

세 번째 공간

...

세 번째 영역은 존재한다.
자기만을 위한 친밀한 공간.

  그 안에서 시간을 보내며, 태어난 곳에서 익숙했던 감정들이 어느덧 멀어지고, 전에 이해할 수 없었던 낯선 생각들이 어느새 허물없이 친숙하다고 느껴지게 되는 가운데 융화되어 새로운 자아로 발전하게 된다. 살아가며 예측할 수 없었던 일들을 접하면서 그때까지 생각해 왔던 신념 위에 새로운 질문과 확신이 펼쳐진다. 삶의 막바지에 도착한 어느 노인이 한 말이 있다.

  "흘러가는 강물은 결코 자신의 원천으로 돌아가지 않는다. 그러나 그 강물이 넓은 바닷속으로 흡수되기 전에, 흘러가면서 겪어야 했던 수많은 고비와 그에 따르는 어려움을 이겨내야 했던 일들을 한 번쯤 비추어 볼 의미는 있다."

내가 처음 태어날 때부터 나를 위한 세 번째 공간이 이미 있었지만 나는 세월이 얼마만큼 지난 후에야 그것이 나만의 공간이었다는 것을 새로 인식하게 되었다.

아주 어린 시절에 여덟 명이나 되는 식구가 방 두 개를 나누어 살아야 했을 때에도, 나는 항상 한 귀퉁이를 나만을 위한 공간, 내 영역으로 만들어 놓았다. 선으로 그어 놓은 그런 작은 공간마저 다시 나누어야 할 때가 오면, 나는 작은 나무 층층대를 이용하여 조그만 장롱과도 비슷한 다락방으로 올라갔다. 그 조그만 다락방에는 다행히 아주 작은 창문이 있었고, 그곳으로 낮에는 태양빛이 들어올 수 있었다. 그 방은 우리가 깔고 잤던 이불들을 낮에 보관했던 방이었다. 왜냐하면, 우리가 잠자던 방으로 사용했던 그 침실을 낮에는 거실과 주방으로도 사용해야 했기 때문이다.

솜과 면으로 만든 요와 조금은 얇고 부드러웠던 이불을 덮어서 자고 일어난 다음 그 작은 다락방에 보관할 수 있도록 아침마다 단정하게 접었다. 같은 무명으로 만든 기다란 베갯속에는 마른 여러 가지 곡식을 넣어 부피를 채웠다. 식구들마다 하나씩 베개를 사용했기에, 그 다락방에 보관해야 할 것들이 꽤나 많이 쌓였다.

그 다락방은 내가 그때 작았음에도 일어날 수 없었을 정도로 나지막한 공간이었다. 나는 쌓아 놓은 이불더미를 구석으로 몰아넣은 후 다리 한쪽이 부러지고, 너무 오래되어 밥상으로 사용할 수 없었던 작은 상을 그곳에 세워 놓아 다시 내 자리로 만들기 시작했다. 부러진 밥상의 다리는 헌 책들을 쌓아 상이 기울어지지 않을 만큼 모자라는 높이를 채워 책상으로 쓸 수 있도록 평평한 상으로 만들수 있었다. 그 높이가 약 40cm였다. 그때 우리들은 방바닥에 앉아서 식사를 했기 때문에 밥상의 높이는 대략 그 정도로 낮았다.

그 후 낮에 들어오는 햇빛도 이용하고 글을 쓰다가 지친 내 눈이 밖을 내다볼 수 있도록 내 책상을 창문 앞에 놓았다. 그 창문은 나의 조그마한 두 손을 펼쳐 막으면 방을 어둡게 할 수 있는 작은 창이었다. 그래도 그 유리창은 내 이름 석 자가 쓰일 수 있는 크기였다. 그곳에서 나는 종종 깊게 숨을 들이키어 창 위에 촉촉한 내 입김을 불어 놓고 재빨리 내 이름을 썼다. 그리고 내 이름이 지워지기까지 얼마나 걸리는지를 관찰하며 창에 새겨진 내 이름을 뿌듯하게 바라보았다.

양쪽을 기다란 나무로 연결시킨 삼단 충충대를 밟고 내 방에 올라온 후 방문을 닫고 나면, 그곳에서는 나 혼자만 존재했다. 내가 이름쓰기를 몇 번씩 반복해도 그 누구한테 방해가 되지 않았다. 추운 겨울에는 많은 이불로 나를 감쌀 수도 있었다. 내 책상과 가족 모두를 위해 쌓아 놓은 이불의 사이는 약 10cm였고, 그 사이는 내 작은 어린 눈으로 볼 때 적지 않은 공간이었다.

나는 항상 내 책상에서 글을 썼다. 내가 무엇을 썼는지 지금은 기억이 안 나지만, 아마도 일기였음이 분명하다. 그때도 지금과 마찬가지로 나는 나 자신과 대화를 했을 것이다.

50년 후.

빨래기계가 돌아가고, 날씨에 관계없이 빨래를 말려주는 기계가 있는 빨래방과 파티를 열 수 있는 지하실 한 쪽에 다시 글쓰기를 하려고 나만을 위한 방 하나를 마련했다. 거기서 한 층을 올라가면 그랜드피아노 두 대가 놓인 음악실이 있다. 나는 학생들에게 피아노란 악기를 어떻게 칠 수 있는지를 가르치고 있다. 그리고 그 음악실 옆에는 내가 하루에도 수없이 드나드는 중요한 부엌이 있다. 그리고 거실을 지나서 정원으로 나가면, 내가 고향을 생각하며 심은 감나무를 볼 수 있다.

거실에서 한 층 더 올라가면, 우리 침실과 아이들의 방들이 있다. 이미 성인이 된 아이들은 이제 스스로 마련한 자신들의 집에서 따로 지내지만, 그들의 손때가 묻은 것들이 아직도 그 방에 널려 있다. 요즈음은 손님처럼 오는 그들이 자기 방에 와서, 좁고 불편한 작은 침대지만 그곳에서 동반자들과 뒹굴며 자신들의 체취가 아직도 담겨있음을 느낄 것이라고 내가 바라기 때문이다. 지금도 나는, 바닥에 떨어진 것들을 정리하라고 야단쳐야 할 아이들이 방금이라도 들어올 것 같은 착각 속에서 그 방을 자주 들어가곤 한다.

그 모든 방들은 어른도 일어선 자세로 자유롭게 움직일 수 있고, 독일 시부모님께서 물려주신 크고 기다란 전기촛대샹들리에를 달아 놓을 수 있을 정도로 높은 방들이다. 내가 어렸을 적에 볼 수 없었던 커다란 방들이다.

그러나 진정 내 마음속에는 나만의 공간이 고국에서나 타국에서나 늘 존재했다. 지금 내 책상은 옛날 어렸을 때 사용한 책상보다 훨씬 크고 높다. 그리고 나는 그 책상 위에서 다시 쓰기를 시작했다.

때로는 한국어로,

때로는 독일어로.

결코 자아는 외부에서 일어난 영향으로 인해 좌우되지 않는다.

장소와 시간을 떠나, 생각의 초점을 어디에 두고 보는가에 따라 자신의 자각은 새로워질 뿐이다.

어디든지.

2.

글
쓰
기

...

　살아온 삶을 비춰 본다는 것은 앞으로 어떻게 되리라는 것에 대하여 쓰기보다는 수월하다. 또한 언제 어떤 상황 속에서 돌이켜 보는지에 따라 생각의 차이가 많이 달라질 수도 있다. 피하지 못할 두뇌의 작용으로 우리의 추억 속에 살아있던 것들이 저절로 많이 잊힐 수 있지만, 자신이 중요하다고 생각한 범위 안에서 일어났던 일들은, 스스로 자주 기억하기 때문에 잊히지 않는다.

　그리고 언젠가는 무언가 기억할 수 있다는 것 자체만으로도 만족하며, 지나간 일들을 다시 한 번 기억 속에 기꺼이 받아들인다. 시간이 많이 흐르고 나면 수월하게 넘길 수 없었던 힘든 일들도, 또한 아무리 깊었던 상처라 한들, 그 아픔마저 그저 희미하게만 느껴지고 마음도 가벼워진다.

이미 잊어버린 이야기로 생각했다가도 갑자기 확대되어 현실의 마음과 정면하게 되면, 그 또한 과거가 현실로 돌아오게 되고 그것은 더욱 커다란 의미를 품고 다시 재생의 맛을 보기도 한다. 마치 삶의 흐름이 하나의 덩어리로 뭉치는 듯한 느낌을 맞이하듯.

이는 역시 생각 속의 삶이 잠깐 사이에 과거와 현재가 융합됨을 느끼기 때문이고, 지나간 일이라 생각했던 것들이 더욱 큰 의미를 담고 현실 속에 다가옴을 맛보게 되기 때문이다. 다시 삶의 의미를 묻기도 하고, 지나간 기억 속에서 잠재했던 감정들이 하나, 둘, 재생되어 새롭게 나타나기 때문이다.

숨을 깊이 들이쉬며 삶이란 의미를 되새겨 본다.
잠재해 있던 감정들이 다시 생동감을 얻는다.

글을 쓴다는 것은 사람만이 할 수 있다. 그것을 행함으로써 인간과 동물 사이에 차이가 나타나고 있다고 할 수 있다. 동물들은 그들의 삶에 그저 순종하며 살아가는 것으로 끝을 맺는다. 나는 문자를 움직여 삶을 표현한다. 문자를 익혀 이야기할 수 있을 때부터 나는 그 문자들을 친구로 삼고 함께 생활했다.

그 후 많은 세월이 흘러갔다. 나는 지금 다시 글쓰기를 하며 내 삶을 되돌아본다. 내 운명이 어떻게 나를 인도했으며, 그것이 얼마만큼 내 삶에 영향을 가져다주었는지 살펴본다. 음악을 통하여 내 감정을 표현하기는, 글쓰기보다 훨씬 뒤에 있었던 일이다. 악기 하나를 제대로 다룰 수 있기에는 육체와 정신적 유동성에 도달하기 위하여 수년간의 시간을 필요로 한다. 음을 자아내는 순간, 자신의 기대와 표현력의 힘이 동일할 수 있도록 노력해야 한다. 그것은 일생을 두고 끊임없이 추구하는 자신과의 최대한의 싸움이다.

그림을 감상할 때는 스스로 눈을 움직여 자신이 보고 싶은 것에 집중할 수 있다. 내가 중요하지 않다고 생각하는 것에는 시선을 피할 수도 있다. 그러나 음악에서는 음향이 움직이면 내 몸 자체가 그 자리에서 함께 울리게 되고 그 힘을 탈피할 수가 없다. 대신 글로 표현할 때는 자신에게만 친밀할 수 있다. 내가 써 내려간 감정들이 후에 마음에 안 들면 언제고 아무도 모르게 지울 수 있다. 그래서 나는 항상 글쓰기를 좋아했나보다.

언젠가부터 두 나라 말을 번갈아가며 사용하게 되었다.
두 나라의 문화차이를 이해하려면, 역사적 배경을 바르게 알아야 한다. 출생, 삶, 기쁨, 슬픔, 이별, 그리고 죽음이란 단어들은 오해

가 없는 어렵지 않은 감정을 위한 단어들이다. 그것은 오직 얼마만
큼의 강도로 표현하는가에 따라 느낌의 깊이를 맛볼 수 있을 뿐이다.
쓰인 글들을 읽으면, 잊어버렸다고 생각했던 것들을 다시 기억할
수 있다. 너무도 일찍 곁을 떠난 나의 둘째 언니가 고국으로 돌아가
며 건네준 몇 줄의 시는 항상 내 마음에 살아있기 때문에 언니는 분
명히 나에게 지금까지 항상 존재하고 있다.

머물던 곳

비록 눈빛으로만 얘기했어도-

오고 있는 봄만큼이나 따뜻했어-

추운 겨울의 길목에선

개나리꽃이 웃음으로 보내고

떠나는 아쉬운 가슴 속엔

아이들의 웃음소리 새겨 있네-

피와 살을 같이 나눈 사이

그래서 말로는 못하는 우리

잠 못 이루는 나그네의 온 몸에선

진한 사랑 맴돌고-

잔잔히 흐르는 발코니에 강처럼

그저 흘러가야 되는 너와 나

때로는 거슬러 올라가고픈 날들도

때로는 붙들고 싶은 날들도

우리는 그대로 놓을 수밖에 없음을

떠나는 아쉬움은 생각 말고

다시 만날 벅찬 미래를 향해

웃으며 네 곁을 떠난다오.

　　내가 그 아픈 이별의 슬픔을 이겨낼 수 있었던 것은, 오직 나에게
안겨준 언니의 글이 내 마음 속에 남아 있기 때문이다.

3.

갈라진 나라

...

한가족이 헤어지거나 서로 의사소통이 허락되지 않을 때 그에 따른 상처는 매우 깊다. 하물며 한겨레가 같은 언어를 사용하며 민족의 동질성과 자유를 얻기 위해 거의 40년간 함께 싸웠음에도 불구하고 왜 같은 민족이 헤어질 수밖에 없었는지, 이해하기가 힘들다. 현재 한국은 아직도 북쪽과 남쪽으로 갈라져, 서로 적이라고 하며 굳은 얼굴로 마주보고 있다.

내가 국민학교를 다닐 때는 노래를 꽤나 많이 불렀다. 쓸모 있는 악기를 찾아볼 수 없던 이유도 있지만, 태어날 때부터 주어진 우리들의 목소리는 만들어 낸 악기에 비교할 수 없는 선천적인 것이라 우리는 무조건 불러댔었다. 거의 50년이 지난 지금에도 학생 합창

대에서 우리가 똑바로 자세를 잡고 많이 불렀
던 가사가 생생히 머리에 떠오른다.

> 우리의 소원은 통일
> 꿈에도 소원은 통일
> 통일이여 어서 오라.
> 통일이여 오라.

　이런 우리들의 소망이 이루어지지 않은 채, 많은 세월이 흘러갔다.
서로가 총을 겨누고 있는 적이 되었다는 사실이 더욱 강력하게 밀
려오고 있다.
　북쪽의 가족들은 남쪽의 가족들이 미국이란 자본주의 제국에 억
눌려 산다고 알고 있으며 그 상황에서 구출하려 한다. 하지만 남쪽
에 사는 가족들은 김씨 일가의 독재와 공산주의의 악랄함이 두려워
미국의 도움을 받으며 북한에 대해선 방치하는 자세를 취하고 있다.
형제를 사랑하는 마음으로 구출에 대한 의무를 중요시 여기는 북한
의 가족들은 많은 무기들을 쌓아 놓고, 그로 인한 굶주림과 죽음을
두려워하지 않는다고 외치고 있다. 한편 남한에서는 대기업들이 휴
가라는 단어조차도 허락 안 할 정도로 밤과 낮으로 일에 빠졌있다.

그들은 자본주의 국가들이 만들어 놓은 경쟁사회에서 삼성, 또는 현대와 같은 거대한 이름을 남기며 대재벌을 이루게 되었다.

나는 태어나서 한 번도 전쟁이라는 것을 직접 경험한 바 없다. 그러나 그런 무서운 전쟁이라는 것을 몸소 경험한 사람들의 이야기만 들어도, 얼마나 안전한 삶을 살아올 수 있었던가 하는 축복까지도 느낄 수 있다.

우리 할머니께서 전쟁 때 이야기를 하시면 다음과 같은 이야기로 운을 떼시곤 했다.

"미국 군인들이 총을 들고 여자들을 강간하기 위해 찾아다닐 때, 나는 얼른 빨간 피가 묻은 수건을 아파 누워있는 너의 엄마 빤스 속에 넣었지. 그리고 군인들에게 보여주어서 그 상황을 모면했어."

"어디서 그렇게 빨리 피 묻은 수건을 구할 수 있었는데요?" 하고 묻는 나에게 할머니는 대답해 주셨다.

"닭의 피였지. 어느 날 갑자기 이웃동네 사람들이 미군들이 여자들을 찾으러 다닌다고 알려 주었어. 그때 우리는 뒤 칸에 몇 마리 닭을 키우고 있었는데, 거의 40년간 일본의 식민지로 먹을 것 다 빼앗기고, 한국전쟁으로 인해 정말 가난했던 우리에게 닭을 키우는 사람들은 참 부자에 속했다."

나는 또다시 물었다. "그런데, 아빠는 그때 어디 계셨어요? 왜 엄마를 보호하지 않으셨나요?"

"네 아버지는 불행 중 다행으로 심한 폐병이 들어서 병원이란 곳에 입원했었지. 왜 내가 다행이라고 하냐면, 네 아버지는 그 병 때문에 끌려가지 않았어. 그렇지 않았더라면 만주까지 끌려가 일본 군인으로서 죽을 뻔 했단다. 일본 놈들이 중국과 전쟁할 때에는 한국 남자들을 전선에서 제일 앞에 세워 싸우게 해서 살아 돌아온 한국 사람들이 별로 없었고, 더구나 그 후 한국전쟁에서는 남한 병사로서 몇 번 죽고도 남았겠지. 그랬다면, 너는 세상에 태어나지도 못했을 걸!"

나보다 열두 살 위인 큰언니도 전쟁 이야기가 나오면 항상 자랑삼아 동생들한테 이렇게 이야기했다.

"내가 북한 공산당들 앞에서 노래를 부르면 쌀로 만든 떡을 받았고, 후에는 같은 노래를 미군들 앞에서 부르니까 쵸코렛트를 받았어. 그리고 나는 그 얻은 것들을 항상 집에 가져와 동생들과 나눠 먹었다."

그때 나의 큰언니는 이미 돌봐주어야 하는 동생들이 네 명이나 되었다.

한국전쟁이 막 끝났을 때 내가 태어났다.
하나의 새로운 삶이 탄생되었다.
당시, 여성들에겐 자신의 몸의 변화에 결정권이 주어지지 않은 시대였다. 피임이란 방법도 몰랐고, 성교 후에 삶이란 것을 억제한다는 약도 없었던 시대였다.

나는 내가 태어나서부터 우리나라를 이미 갈라진 나라로 알고 있었다. 섬이 아닌데도 섬나라에서 태어난 것과 마찬가지였다. 자동차를 타고 이웃나라로 간다는 것은 상상할 수도 없다. 북한 땅을 거쳐야 하는데, 그 땅은 남한 사람들에게 완전 금지구역으로 되어있기 때문이다.
세계적 주목을 원할 때마다 북한은 말로 협박하거나 작은 테러를

일삼아서 남한을 괴롭혔다. 남한도 그 아름다운 봄 하늘 아래 미군의 힘을 빌려 북한 땅 바로 앞에서 무기과시를 시도하며 자랑하는 것 역시 칭찬할 만한 외교술이 아니라고 나는 생각한다.

우리나라의 갈라진 상처가 오래가면 갈수록 통일의 어려움은 깊어가고 상처에 대한 치료도 더욱 어려워지리라 짐작한다. 서로 가까워질 수 있는 기회가 희미해지고, 잘려진 상처가 그대로 메말라 흉한 상흔이 남을 것이다.

일본의 식민지 정책에 대항하며 죽음을 두려워 않고 싸웠던 나의 조부모 세대는 이미 우리 곁을 모두 떠났다. 핵무기로 인해 전쟁을 중단한 일본의 항복으로 인해 우리는 나라를 다시 찾을 수 있었고, 우리 부모님들은 자신들의 이름을 다시 한국어로 바꿀 수 있었으며 모국어인 한국어를 사용할 수 있게 되었다. 그러나 이제는 부모님들 역시 거의 모두 세상을 떠나셨다. 그리고 우리 부모님들이 어려웠던 상황 속에서도 자신들보다 자식들이 더 평안하게 살 수 있도록 애쓰셨다는 감사한 짐을 안고 버티며 계속 힘썼던 우리 세대도 분명히 이제 가야 할 날이 다가오고 있음을 느끼게 되었다.

나는 한국 여자의 얼굴로 살고 있는 독일 사람이 되었다. 나의 자녀들에게는 한국인과 독일인의 피가 동시에 흐르고 있다.

내 자녀들은 한국이란 나라를 한국으로 휴가를 가면서 알게 되었다. 한국에서 사는 가족들은 한국의 친척이고, 독일에서 사는 가족들은 독일 친척이다. 한국의 가족들과 독일의 가족들은 아주 먼 거리를 중간에 두었어도, 남한과 북한처럼 가까운 거리에서 어느 누구도 넘어갈 수 없는 선을 그어 놓고 적이라 하지 않는다.

1950년 한국전쟁은 그 당시 강대국들의 투쟁이었다. 한국이란 나라는 그들이 갖고 노는 놀이공과 다르지 않았다. 우리나라는 그들에 의해 갈라졌다. 북쪽은 공산주의, 남쪽은 자본주의로.

아직도 그 강대국들은 놀이공이 필요한 것일까? 아직도 한국 민족은 그들의 힘에 억눌려 자기 형제조차도 알아보질 못하는 것일까? 역사는 항상 변함으로써 존재한다. 독일은 이미 통일이 되지 않았는가!?

한국전쟁이 진행되는 동안 강간으로 인한 많은 신생아들이 태어났다. 첫째 언니는 이렇게 이야기한 적이 있다.

"그때 고아원에서 그렇게 탄생한 어린아이들은 보통 아이들과 똑같은 머리색을 갖고 싶어서 까만 잉크에 붓을 적셔 노랑머리에 칠을 한 거 아니? 우리들 속에 끼어 놓고 싶었던 거야. 무언가 이색적인 모습의 아이들은 애들이 자기들 틈에 끼워주질 않았거든. 그 아이들은 평범하게 어린 시절을 보낼 수 없었어."

또 연이어 언니는 이런 이야기도 해주셨다.

"북한 군인들은 남한 여인들도 같은 민족 여인들이라고 미국 군인들처럼 강간을 하지는 않았어."

다문화에 익숙해진 동질성이 세월의 흐름에 따라 형성된다고 하더라도, 자신의 깊숙한 곳에 존재하고 있는 뿌리를 찾고자 하는 그리움은 없어지지 않는다. 중국과 일본, 그 사이에 존재하는 나의 고국. 한국 책만 진열해 놓은 책장 문을 열고 오랜만에 옛날 국민학교 음악책을 꺼내보았다. 가벼운 먼지는 쉽게 털어낼 수 있었다. 늙어버린 목소리로 어린 시절에 진심으로 원하며 불렀던 노래의 가사를 다시 한 번 불러 보았다.

우리의 소원은 통일
꿈에도 소원은 통일

통일이여 어서 오라.
통일이여 오라.

얼마나 힘들게 이룩한 한국의 재건이었나!
두 동가리가 난 몸에서 한없는 아픔을 느끼게 되었다.

비록 몸은 멀리 떨어져 목소리가 메아리처럼 들려도, 오랫동안 듣고 싶었던 형제자매들의 음성이 듣고 싶어 수화기를 잡았다. 남북으로 갈라진 형제자매들도 더 늦기 전에 함께 끌어안을 수 있는 기회가 주어지기를 진심으로 기원한다. 60년이 넘도록 만날 수 없었더라도, 그들의 몸에 동일한 혈육의 피가 흐르고 있고, 그들의 언어도 한민족의 얼을 담고 있는 이상, 그들의 공간과 시간을 채워야 할 언어가 따로 필요 없다고 생각한다.

4.

세
번
째
출
생
일

...

나의 첫 번째 생일은 내 여권에 기록되어 있다. 진짜 출생일은 그 날짜로부터 정확히 반년 전이다. 그리고 한국과 독일 사이에 정치적인 이유로 두 나라의 여권을 동시에 받을 수 없어서 한국국적을 포기하고 독일국적을 받은 날을 나의 세 번째 생일이라 했다.

나는 쉰 살이 될 때까지 항상 생일잔치를 진짜 출생일이 아닌 여권에 기록된 날로 지냈다. 언젠가 어머니께서 내 여권에 새겨진 날짜는 내가 태어난 날이 아니라 나의 '출생신고를 한 날짜'라고 알려주셨다. 부모님은 반년이 지난 후에야 나의 출생을 주민등록과에 신고했다. 한국전쟁 직후에 드물었던 동사무소는 우리가 살던 동네에서 아주 멀리 떨어져 있었다고 했다.

전쟁 후에 한국의 땅은 모두 불에 타서 남은 것이 거의 없던 황무

지였다. 땅뿐만이 아니라 무너진 것들을 다시 건축해야 할 남자들도 거의 죽고 없었을 뿐 아니라, 기차, 버스, 택시는 물론 자전거조차 거의 없었다. 전화, 우체국, 그리고 전자신고서 등도 없었고, 사람들이 먹고 살 양식도 별로 없었다.

"그 당시 나는 너를 낳고서 내 몸과 태어난 너를 돌봐야 하는 일만으로도 벅찼어. 거기에다 어린 다섯 남매는 때가 되면 배고파서 먹을 것을 찾고 있었지. 네 아버지와 나는 걸어서 왕복 며칠이 걸리는 읍사무소에 갈 수 있을 때까지 기다렸기 때문이었어."

언젠가 '왜 나의 출생신고를 그렇게 늦게 했는가.'라고 질문하던 나에게 어머니는 그렇게 설명해 주셨다.

나는 전쟁이란 혼란 속에 태어나지 않았지만, 그 직후에 태어났다. 세계 2차 대전이 끝나고 한국전쟁은 1950년에 시작되었다. 3년 후 휴전과 아울러 남한에서 정식 정치기관이 설립되던 1957년, 그 사이에 나는 태어났다. 일본의 식민지 정책에1910-1945 휩쓸렸고, 이후 혼란과 무질서를 가져다준 전쟁까지 거친 후 나라를 설립하기에는 많은 시간을 필요로 했다. 어느 길을 걸어야 올바른 길인지 아무도 예측할 수 없었다.

옛날 한국에서는 두 차례의 생일을 가장 중요시 여겼다. 첫 번째 생일은 탄생해서 어려운 일 년을 무사히 이겨낸 것에 대하여 감사하는 잔치였으며 두 번째는 예순 살이 되도록 살 수 있었다는 것에 감사하는 마음으로 잔치를 치르는 생일이었다.

한 살, 즉 '돌'이라는 생일잔치에는 아이 앞에 있는 커다란 상 위에다 음식과 더불어 여러 가지 물건을 늘어놓고 아이가 어떤 것을 처음 손에 잡는지 보고서 그 아이의 장래를 맞춘다 했다. 아이가 돈을 처음 잡으면 부자가 될 아이다. 아이가 연필을 잡으면 소설가가 되는 것이다.

그리고 '환갑'이라 불리는 60세 잔치에는 많은 음식들을 준비해 가족들과 친구들, 그리고 이웃 모든 사람들이 모여 함께 축하하고 식사를 나누었다.

나와 비슷한 동갑내기 나이의 많은 한국 친구들은 나처럼 태어난 날짜와 출생신고 날짜가 달라 고민하던 이들이 많았다. 그러다 언젠가 혼자만의 문제가 아님을 알고 함께 웃음을 터뜨린 일도 있다. 그때까지 부끄러움에 모두가 부모님들의 무책임으로 돌리며 사실을 숨기고 있었던 탓이다. 또한 전쟁으로 인하여 혹시 '다리 밑에 사는 아이'가 아니었을까 하는 두려움도 없지 않았다. 그때 너무 많은 아이들이 전쟁에 부모를 잃고 다리 밑에서 살았기 때문이었다.

고아원이란 보호시설은 거의 찾아볼 수 없었던 시절이었고, 어떤 아이들은 자신의 부모와 형제들이 어떻게 생겼는지도 구별 못 했던 어린아이들이었다. 그 애들이 길가에서 혼자 울고 있을 때 따뜻한 손을 내밀어 함께 데리고 간 사람들에게 의지하며 가족이라 생각하고 살게 되는 경우가 많이 있었다.

생명이란 것 자체에 많은 힘이 잠재되어 있다.

인간으로 태어나 서로 의지할 수 있을 때 삶의 힘은 그 생동감을 발휘한다.

내가 독일 여권을 손에 쥐었을 때, 그날이 나의 세 번째 생일이라 느꼈다. 그러나 그때부터 내 이름이 독일 국민이라고 적혀 있었어도, 태어난 고국인 한국이란 나라가 내 마음속에서 사라질 수는 없다. 어떤 사무소의 도장이 찍혀 소속권을 새로 얻었다고 해도 그때까지 잠재했던 마음의 고향은 변함없이 언제나 지속되기 마련이다.

내 이름과 생년월일, 그리고 어디서 태어났는지, 현재 어디서 살고 있는지, 모두가 여권에 정확하게 적혀 있다. 그리고 동시에 현지에서의 생활경험을 통하여 내 속에서 동일성이 변해 감을 느낄 수 있었다. 그러므로 낯설었던 것도 자주 대하다 보면 언젠가 친밀성을 느끼게 될 수 있는 가능성이 있음을 나는 부정하지 않게 되었다.

5.

남식

...

한국 사람들은 이름을 지을 때 많은 것을 고려한다. 또한 옛날부터 한국말로 된 이름은 중국의 그림글자인 한자를 토대로 하기에 한국어로 부른다 해도 이름에 대한 뜻을 정확하게 알 수 있도록 그 이름 옆에다 한자로도 썼다.

남식 한국어

男植 중국어

Nam-Sig 독일어

옛날 부모들은 자신들이 좋지 않은 이름을 아이에게 지어주면 그의 운명에 변이 생길까 두려워 작명가나 무당한테 도움을 받는 이

들도 있다. 또한 산모가 어떤 꿈을 꾸는가에 따라서 태어날 아이의
운명을 볼 수 있다 하여 태몽을 중요시했다. 그리고는 그 꿈에 따라
아이의 이름을 태어나기 전에 지어 놓기도 했다.

그래서인지 한국에서는 꿈을 해석하려는 사람들이 오늘도 적지
않다. 해몽가들은 주로 인생을 많이 살아 경험이 많고 나이가 든 여
자들이 많다. 그들은 '산모가 커다란 용꿈을 꾸었으면 태어날 남자
아이의 장래는 훌륭한 선비가 틀림없다, 그러나 아름다운 꽃을 꾸
었다면 아주 어여쁜 딸임에 틀림없다'고 하곤 했다.

또한 사내아이의 이름을 지을 때는 조상들의 대를 이어받는 돌림
자를 받기도 한다. 보기를 들면 중간 이름, 아니면 끝 이름에 돌림
자를 넣어, 이름만 갖고도 몇 대 자손인지 알 수 있도록 하는 것
이다. 하지만 딸이 시집을 가면 그 이름 자체를 호적에서 삭제시키
므로 딸의 이름을 지을 때는 별로 심사숙고하지 않는다. 출가외인
이라 해서 결혼 후에 시집간 집으로 딸의 호적지가 옮겨가기 때문
이고 그 대신 새로 맞이한 사위의 이름을 올려 호적에 새 남자 이름
이 추가된다.

요즘은 그런 법들이 바뀌었다고 들었다. 여자들에 대한 법적 의

무는 세월이 흐르면서 많이 바뀌었다. 특히 호주제에 관한 이런 법들은 주로 남자들이 주관했었고 점차 바뀌고 있다.

나는 분명히 여자인데도 사내 남男, 식물 식植 하여 '남식'이다. 대부분 여자아이들은 거의 '아름다운 보석', '예쁜 연꽃' 등의 이름을 갖고 있었기 때문인지, 나는 어려서 학교 다닐 때 한동안 이름에 대한 부끄러움도 느꼈다.

우리 부모님께서는 내가 태어나기도 전에 이름을 지었다 했다. 딸을 우선 넷을 낳고 분명히 대를 이어나갈 아들이 그리웠기 때문이라 했다. 그때는 꿈을 믿던 시절이었으니, 아마도 어머니는 커다란 용꿈도 꾸셨으리라 생각한다.

남녀를 정확히 구분할 수 있는 초음파 검진도 할 수 없었던 시절이었고, 중국처럼 몇 년간 법으로 진행된 '아이 하나만' 같은 법도 없었기 때문에 다행하게도 나는 다섯째 딸로 무난히 태어날 수 있었다.

일본의 식민정책 밑에서 곡식을 빼앗겼던 시절이 바로 지난 때였고, 조부모님은 많은 땅을 소유하셨기 때문에 식량이 부족하거나 굶어서 배고픈 경험을 하지 않아도 되는 상황 속에서 나는 태어났다. 또한 우리는 모국어인 한국어를 사용할 수 있었고, 부모님께서는 나의 이름을 일본어로 지으실 필요가 없었다. 현재 내가 이국땅이지만 그런대로 자유롭게 살 수 있는 이유도 우리 부모님께서 이미 세계를 향한 넓은 생각을 하신 덕분이라고 생각한다. 부모님께서는 삶을 이끌어 나갈 때 필요한 절대적인 희망과 사랑을 자식들이 느낄 수 있도록 항상 노력하셨고, 그것이 어린 나에게 삶의 토대를 무난히 쌓아 올릴 수 있는 바탕이 되었다.

아버지께서는 특별히 음악을 사랑하신 덕분에 어떤 가구 같은 것을 장만하시기보다 피아노를 자식들이 다룰 수 있는 악기로 먼저 구하셨다. 그래서 피아노는 내가 태어날 때부터 집에 있었다. 덕택에 언니들과 오빠는 피아노뿐만 아니라 그 외에도 여러 가지 악기를 다룰 줄 안다.

언젠가 언니 중 한 명이 모차르트의 곡을 치는데 내가 젖을 빨다 말고 감정적인 울음을 터트리자 그때 엄마가 얼른 손을 입에 대고 "살살 울어라" 말하자 내가 정말 조심해서 작은 소리로 울었다는 이야기를 들은 기억이 있다.

이 이야기는 어머니가 돌아가시기 몇 달 전에 "엄마, 내가 어렸을 때 어떤 모습이었는지, 내가 기억할 수 없는 것들을 좀 들려주세요." 하고 졸라댔던 나에게 전해주셨던 것이다. 나는 이 이야기를 몇 번이고 다시 반복하여 듣고 싶어 했다. 그래서인지 나는 소리를 안 내고도 조용히 울 수 있는 방법을 배운 것 같다.

6.

우물

...

    내가 어렸을 때 목이 마르면 앞마당 가운데 있던 우물물로 갈증을 해소할 수 있었다. 언젠가 나는 그 우물이 다시 보고 싶어 고국을 방문한 적이 있다. 그 당시 제일 크고 아름답다고 기억에 남아 있던 옛날 우리 집은 50년이란 세월을 뒤로해서인지 아주 작고 허름해 보였다. 옆에 세워진 큰 빌딩들과 커다란 아스팔트 길 옆에 비교되어 더욱 초라해 보였다. 그러나 그 옛날 내가 태어난 집은 그대로 남아 있었다. 나는 그 집을 다시 볼 수 있다는 것만으로도 무척 행복했다.

    우선 손끝으로 담을 만졌다. 몇 미터 걸어가다가 이내 손바닥으로 담을 만졌다. 그 어릴 때와 마찬가지로 움직이는 걸음에 내 손이 진동하는 것을 느껴 보느라 그때처럼 그치지 못하고 계속 걸었다.

유감스럽게도 정원은 무거운 돌담으로 막혀 있어 밖에서 들여다볼 수가 없었다. 그 정원에서 나는 사계절을 맞이했고, 어릴 때만 느낄 수 있는 순진하고 아름다운 향기만을 기억 속에 간직할 수 있었다.

그때 나는 종종 옷을 벗고 파라다이스 정원에 누워, 흰 백합꽃의 향기를 피부에 담고, 날아가는 노랑나비가 내 어깨 위에 앉아 쉬어 가길 기다리며 숨도 제대로 못 쉬던 일이 떠올랐다. 물론 나의 기다림은 거의 헛수고였지만…. 나는 종종 흙으로 내 피부를 덮었다. 흙은 내 피부보다 훨씬 진한 밤색이었다. 흙이 너무 건조해서 살에 붙지 않으면 침을 뱉어 끈적하게 만들어 다시 몸에 발랐다. 나는 이내 흙 속에 융해됨을 느꼈고 그와 함께 잠도 들었다. 포근한 뜰이었다.

그때 어린 나에게는 무척 커다란 궁궐같이 기억에 남아 있던 우리 고향집은, 어른이 된 내 눈앞에서 그저 작은 방 세 칸에 목욕실과 부엌이 딸린 조그마한 집이었음을 깨달았다. 바로 그곳에서 할머니와 부모님 그리고 우리 형제 6남매가 살았었다.

전쟁 이후 그 집을 지을 때는 좋은 나무나 타일 같은 건축 재료를 거의 찾아볼 수 없던 때였다. 부엌은 음식을 준비하는 방이기도 했지만 우리의 온돌방을 따뜻하게 해 주기도 했다. 새벽에 아침식사를 준비하기 위해 불을 때면 그 난로와 연결된 통로를 통해 뜨거운 열기가 들어와 잠자던 방이 천천히 더워지기 시작했다. 땔나무가 귀한 때라 가을에 추수하고 남은 짚이란 것이 유일한 땔감이었다. 밥이 익을 때까지 불이 꺼지지 않도록 수시로 짚을 얹어야 했다.

잠을 자던 방구석이 부엌 아궁이에 가까우면 가까울수록 뜨거워졌다. 추운 겨울에 우리들은 누가 제일 따뜻한 아랫목을 차지할 수 있을까 하여 자주 싸움을 벌였다. 어머니는 새벽 일찍 일어나 아침 식사를 위하여 음식을 준비하시고 따뜻한 음식이 베푸는 맛있는 향기와 온돌방의 따스함을 느끼던 우리들에게 만족과 행복함을 가져다주었다.

그때 우리 목욕탕 안에는 바닥이 시멘트로 되어있고 쇠로 된 커다란 목욕통이 있었다. 벽에 설치된 수도꼭지를 틀면 자동으로 뜨거운 물이나 찬물이 원하는 대로 나오리라는 것은 상상도 못 할 때였다. 그 목욕탕은 아홉 식구들의 옷을 빨아야 하는 빨래방이기도 했다. 나무로 된 빨래판은 구불구불하고 높고 낮은 홈이 패어 있었다.

우리가 필요한 물이 있으면 양철 두레박에 양쪽으로 구멍을 뚫어 밧줄을 매고 우물 속에 고인 물을 위로 퍼 올려 내었다. 겨울이 닥쳐 앞마당에 있던 우물 안의 물이 얼기 시작하면, 별 해결책을 알아낼 수 없는 커다란 '물' 문제가 생긴다.

여름에 놀다가 땀을 흘리면 그 우물물로 샤워도 했다. 웃통을 벗어 던지고 손이 발끝을 어루만질 수 있는 자세로 몸을 구부리면 어머니가 물을 허리 쪽에서 부어 주셨다. 그러면 그 물은 쏜살같이 머리 쪽으로 내려가며 흘린 땀을 한꺼번에 씻어 주었다. 그 우물은 그리 깊지 않아서 두레박을 맨 밧줄이 길지 않아도 물을 위로 끌어올릴 수 있었다. 그 물은 유난히도 맑아 햇빛이 강하게 우물 안을 비추면 우물바닥도 투명하게 볼 수 있었다. 어느 날 내 키가 자라서 그 우물 안의 물을 볼 수 있도록 언니들한테 안아달라고 졸라댈 필요가 없게 되었을 때, 나는 드디어 성인이 되었다고 생각했다.

내 손으로 직접 자신이 필요한 물을 떠 올릴 수 있다는 것은 자립 상태를 의미한다. 그러나 얼마 못 되어 우리 부모님은 아이들 교육을 위하여 서울로 이사를 하셨다. 그때부터 나는 내 몸을 뒹굴었던 그 정원의 흙과, 그 우물을 그리워하게 되었다.

낯설고 나이 든 여인이 된 나는 그 정원과 우물이 다시 한 번 보고 싶어 그 집 문 앞에서 서성대고 있었다. 문을 두드렸더니, 아주 늙은 할아버지가 문을 열고 "무슨 일로 왔냐." 물었다. 나는 "실례하지만 이 집 안마당 한 번 볼 수 없을까요? 제가 어렸을 때 이 집에서 살았었어요." 하고 말했다. 한동안 그 노인이 나를 살펴보기 시작했다. 혹시나 어릴 때 알고 지냈던 동네 계집아이가 아니었을까 하는 그런 표정이었지만, 내가 어디서 살며 내 이름이 어떤지 묻지는 않았다.

그 우물이 거기 있었다. 겨우 나의 허리까지 닿는 얕은 우물이었다.

우물 안에 자라는 이름 모를 잡초가 거의 위에까지 뻗치고 올라와 있었다. 오랫동안 메마른 우물이 되었다는 것을 한눈에 알 수 있었다. 그날은 태양의 빛이 가려져 있었는데도, 어렸을 때 보았던 맑은 물이 없음을 나는 아쉬워했다. 집을 나오며 감사하다는 인사를 할 때 그 할아버지는 "잠시 후에 이사를 해야 혀…! 큰 빌딩이 들어서려고 이 집은 허물게 된다네!" 하셨다. 그래서 그 주인어른이 눈치채지 못하도록 나는 재빠르게 몇몇 사진을 찍었다. 그저 나의 늙어가는 피부에 어린 시절 그리움의 대상이었던 집과 우물을 볼 수 있었다는 것에 나는 만족할 수 있었다. 하지만 정원의 자취는 거의 알아볼 수 없었다. 하얀 함박꽃도, 내가 좋아하던 백합꽃도 온데간데없었다. 그러나 커다란 감나무는 아직도 그곳에 있었다.

나는 그 집을 나온 후, 그 노인이 하신 말씀을 잊기로 했다. 기억하기 싫은 것은 잊으려 해도 그리 쉬운 일이 아님을 인식하면서 차에 올랐다.

7.

재
회

…

　　추억은 기억 속에 살아있는 지나간 삶이다.

　　어릴 때의 추억이란 성인이 된 사람들이 기억 속에 새롭게 떠올리는 지나간 삶이다.

　　머나먼 이국땅으로 가면서, 고향에서만 맛볼 수 있는 친숙한 느낌들이 때로는 굳어질 때가 있다. 그러나 다시 고국을 방문하면 벌써 굳어진 마음들이 녹기 시작한다. 하지만 그 사이에 변화된 그 무언가 때문에 자신도 모르게 복잡해질 때도 있다. 굳어진 감정들의 강도에 따라 새로운 마음으로 대할 수 있을 때까지는 어느 정도 시간을 필요로 한다. 혹은 전혀 풀리지 않을 때도 있는데, 이미 변화된 상황을 조건 없이 받아들여야 하는 운명적인 것들 때문이라 할 수 있다.

　　거의 인생의 반을 넘게 살고 나서야, 처음으로 나는 국민학교 동

창들을 만나게 되었다. 나와 똑같이 늙어버린 동창생 여자아이가
졸업앨범을 들고 왔다. 참 잘한 일이다. 그 사진을 보며 우리는 서
로의 옛날 얼굴들을 다시 확인할 수 있었다. 어떤 친구들은 그래도
어렴풋이 다시 알아볼 수 있었는데, 어떤 친구들은 옆에 서 있어도
전혀 알아볼 수 없게 변해 있었다.

　오랜 세월을 뒤에 두고 어디서부터 이야기를 시작해야 하는지,
선뜻 대화가 이어지질 않았다. 친밀감과 낯설음이 얽히고설켰다.
우리들은 지나간 일들에 대하여 많이 주고받았지만 앞으로 다가올
것에 대하여는 아무도 묻는 이가 없이 서로 망설이기만 했다.

　가족이 있니?

　애들은 몇 명인데?

　너희 아이들은 요즘 뭘 하니?

　그리고 너의 직업은 뭐야?

　일 하는 거 재미있니?

　벌써 퇴직했다고?

　네 남편은 뭘 하는데?

　네 부인은 무얼 한다고?

　넌 가족들 보살피는 거 외에 너만을 위해 하는 일이 있냐?

집안일과 직장생활 다 어떻게 꾸려 나갔니?

부모님들은 아직 살아계셔?

뭐라고? 그 애가 그런 병에 들었다고?

그 병이 얼마나 진전했는데?

적당한 치료는 받고 있겠지?

상대방에게 상처가 될까 봐 조심스레 묻기도 하고, 대답이 정확하지 않아도 다시 묻지 않는다. 마음을 아프지 않게 하려고 거짓말을 해도 괜찮다.

결혼도 안 했고,

자식도 없고,

가족도 없고,

부모님도 돌아가셨고,

직장도 그만둔 지 오래되었고,

그런 친구들은 동창회에 잘 나타나질 않는다. 삶의 행복이 어디에 있는지 갈 길을 잃어버린 지 오래된 친구들이다. 그래서 만남은 때로 마음을 무겁게 만든다.

옛 고향의 제일 친하던 여자아이가 우리들의 만남을 서둘러 주선했다. 외국에서 사는 사람은 나 혼자였다. 질문은 "무얼?" 하고 묻다가 "왜, 어떻게?"로 진행되었다. 식사를 함께 하다가 갑자기 목이 메여 음식이 넘어가질 않았다. 아마도 그 여러 해 동안 참석할 수 없었던 지나간 세월들을 돌이킬 수 없었던 때문이었을까? 다른 동창들은 해마다 오월에 모이는 동창회에 자주 만난다고 했다. 그 친구들은 지난해에 일어났던 이야기들을 주고받았고, 주위에 살고 있는 친구들의 상황을 자세히 알고 있었다.

하지만 나는 어떻게 세월을 보냈나? 모두 궁금해했다. 그렇게 우리는 하루저녁에 50년 살아온 이야기를 서로 나누었다. 외국에서의 삶을 나는 될 수 있으면 이해하기 쉽도록 간단히 설명을 했으나, 대부분 동창들은 '이국남자와 결혼하여 아이들을 갖고 있다.'는 것을 상상하기가 힘들다고 했다. 적어도 50km 안팎에서 부모나 형제들과 가까이 사는 것에 만족한다고 하는 아이들이 많았다. 지나간 시간과 서먹한 거리감을 잊게 하는 소주를 서로 돌리며 마셨다. 저마다 한턱낸다고 돌아가며 소주를 돌렸다. 그 횟수는 많았다.

한국에서는 식사를 음식점에 함께 가서 하면, 자신이 먹은 음식값을 저마다 따로따로 지불하는 경우가 드물다. 내 차례라고 생각하는 사람이 한턱을 낸다고 한꺼번에 지불한다. 그런 순서는 아무도 얘기를 안 해도 알아서 판단하는 상례가 있다. 나이 먹은 사람이 손아랫사람을 위해, 부자가 자기보다 가난하다고 생각하는 사람을 위해, 남자들은 여자를 위해, 상사는 졸병을 위해, 사장님들은 종업원을 위해…. 식사 값을 내며 한턱을 낸다 한다. 내가 외국에서 온 손님이라 해서 내 돈을 거부했다. 식사를 나눈 다음에는 흔히 노래방으로 간다.

잘 꾸며놓은 가라오케라고 하는 노래방은 서울 어느 모퉁이에서도 항상 찾을 수 있을 만큼 많이 있다. 그곳에는 찾아오는 사람들 수에 맞춰 다양한 크기를 가진 방들이 있다. "가라오케라는 곳이 뭘 하는 곳이냐?" 하고 내가 물으니 "너는 어떤 별나라에서 왔냐?" 하고 웃으면서 알려 주었다.

아리랑, 아리랑, 아라리요….
한국에서 가장 잘 알려진 민요다. 아리랑이란 노래는 지역마다 다른 가락으로 오랫동안 전해오는 노래이다. 그것은 번역도 쉽지 않은 단어라 했고, '민족의 얼', 또는 '민족의 숨결'이라 했다. 아리랑은 한국 사람들의 생활과 정서를 노래로 표현한다.

우리는 노래 부르기를 좋아한다. 언제 어디서고 흥이 나서 노래를 많이 부른다. 생일날, 잔칫날, 다시 만나는 날, 헤어지는 날, 그 외에 학교소풍을 가서도, 결혼식장과 장례식장에서도, 아니면 또 가라오케라는 노래방에서 노래를 부른다. 만약 노래를 불러야 할 이유가 없을 때는 다시 무언가 이유를 만들어 부른다. 노래를 못 부른다 하면 어쩐지 앞뒤가 막힌 사람처럼 되고 함께 일으켜 손을 잡고 흔들며 노래가 저절로 나오도록 만든다. 인간으로 태어나면 어느 누구를 막론하고, 노래쯤은 다 할 수 있다고 믿는다.

우리들의 만남도 즐거운 일이라, 서로 시선을 주고받으며 목청껏 불러댔다. 노래의 가사들은 흔히 사랑을 이루지 못한 가슴 아픈 내용이었다. 한국 사람들은 한이 맺힌 슬픈 일들을 기꺼이 맞이하고 그리움의 아픔도 노래로 잘 이겨낸다. 노래하고 있는 동안만이라도 슬픔의 상처를 잊고 웃으면서 부를 수 있다.

노래방마다 커다란 화면이 설치되어 있다. 유명한 가수와 함께 가사가 화면에 떠올라 누구든지 잊었던 가사도 다시 읽어가며 부를 수 있다. 노래들은 화면과 연결된 컴퓨터를 통해 이미 예약한 순서대로 나온다. 마이크의 성능이 좋아 광범위하게 울림을 풀어주므로 예상하지 않았던 성량의 강도가 훌륭하게 퍼진다. 다 부르고 나면 얼마만큼 잘 불렀는가에 대한 평가까지 나온다. 항상 한국에서 애용하는 점수 따기다. 그곳에서는 흥에 따라 노래하고, 떠들며 얘기하고 때로는 춤까지도 출 수 있는 공간이 있다.

서울에서 떠들고 노래하며 춤출 수 있는 개인 집이 있는 것은 아주 부자가 아니면 찾아보기 어렵다. 그래서인지 가라오케 외에도 소수의 사람들이 함께 영화를 볼 수 있는 DVD관람실이 여러 곳에 있다. 그곳에서는 사람 수에 따라 크고 작은 방을 영화 감상하는 동안 빌릴 수 있는데, 좌석은 몇 초 만에 누울 수 있는 편안한 자세로 바꿀 수도 있다. 많은 화장지가 항상 그 방 안에 비치되어 있다. 물론 슬픈 영화를 볼 때 나오는 눈물 때문임이 틀림없다. 복도에서는 그 방을 들여다볼 수 없도록 되어 있으며, 화장지가 다 떨어졌을 경우에는 초인종을 누르면, 안내자가 와서 주문한 것을 가져다준다. 하지만 우리들은 영화까지 함께 볼 수 있는 시간이 허락되질 않았다.

인생이란 문이 활짝 열려 우리를 기다리고 있었던 국민학교 시절에 만났던 우리들은 저마다 다른 목적지를 향해 걸어갔다. 각자 공부를 열심히 하여 성공적인 삶을 살아보려고 마음을 단단히 먹었고, 어느새 50년을 훌쩍 보내버린 우리들이지만 과연 성공적인 삶이 무엇이었으며, 또한 그런 목표가 얼마큼 우리의 삶에 중요한 것인가에 대하여 뚜렷이 말을 할 수 없었다. 우리는 그저 지나온 삶의 이야기와 앞으로 어떤 모양으로 우리 자신을 유지하며 살아가려 하는지를 서로 털어놓았다.

"행복하려면 복도 많이 받아야 혀!" 하고 누군가 말을 하니, 모두가 고개를 끄덕였다. 그리고 내가 상상할 수도 없고 나와는 전혀 다르게 살아가고 있는 삶의 다양함에 놀라움이 적지 않았다. 정상적 삶이라는 주어진 테두리 안에서 교육으로 이루어진 윤리와 또 다른 운명의 힘이 삶의 절대성을 이루어 가고 있었다는 것은 설명을 하지 않아도 모든 동창들 마음에 다가온 듯했다.

옛날에 우리들은 방과 후 함께 교실 청소를 했다. 주말마다 번갈아 가며 청소당번이 있었는데, 그 청소담당은 모두 달랐다. 몇 명은 유리창을 닦아야 했고 몇 명은 쓰레기를 버려야 했고, 또 몇 명은 바닥을 닦아야 했다. 거의 60명 정도가 한 반이었으므로 그 커다란 교실의 바닥을 닦는 것이 제일 고역이었다. 대신 개구쟁이 아이들은 자주 바닥 청소하는 벌을 받았으므로, 항상 교실바닥을 닦는 인원수가 적지 않았다.

그때는 더러워진 먼지를 흡수하는 청소기도 없었을 뿐 아니라 서서 닦을 수 있는 막대기에 달린 걸레도 없었다. 몇 명이 먼저 비로 바닥을 쓸면 그 후 몇 명은 개처럼 엎드려서 걸레를 손으로 밀고 다리에 힘을 주어 쭉 뻗어가는 형식의 청소법이었다. 그냥 바닥에 물을 칠하는 것으로 모두 만족했고 얼마큼 깨끗해졌는가에 대해서는 아무도 관심을 두지 않았다. 청소를 하고 나면 흙에서 뒹굴었고 그런 것이 더럽다고 생각하지도 않았던 단순하고도 어린 우리들이었기 때문이다.

봄이 되면 농부들을 도와주기 위해 줄을 서서 보리의 뿌리가 땅에 잘 붙어 있도록 밟아 주었다. 그것이 우리 생물시간에 진행된 실기시간이었다. 겨울에는 함께 주워 모아둔 솔방울을 관리하여 교실 중간에 설치한 난로의 불이 꺼지지 않도록 보살펴야 하는 당번도 있었다. 학교에 스팀시설이 없었던 시절이라 겨울날씨가 영하로 많이 떨어지기 때문에 난로는 교실마다 꼭 필요했다. 난로에 딸린 기다란 양철로 된 연통은 불이 탈 때 생기는 몸에 해로운 일산화탄소 가스를 밖으로 빼내는 중요한 역할을 했다. 그 난로는 추위를 이겨내는 데에 도움이 되었을 뿐만 아니라, 학생들이 가져온 점심밥이 든 양은 도시락을 데우는 중요한 역할도 해 주었다.

넷째 시간이 시작되면, 선생님은 우리들이 가져온 도시락을 모아 그 난로 위에 올려놓았다. 그리고 타지 않도록 도시락을 수시로 바꾸어 놓았다. 넷째 시간이 거의 다 될 무렵에는 세계역사가 머리에 들어오질 않았다. 도시락에서 나오는 맛있는 음식냄새가 코를 자극하여 이내 배고파 배우는 것보다 온통 도시락으로 신경이 몰렸기 때문이었다. 집이 가난해서 아예 밥도 꾸려오지 못한 친구들과 점심을 나누어 먹었던 일도 기억났다. 그 아이들이 학교로 걸어오다 길가의 밭에서 서리해 온 고구마나 옥수수를 몰래 도시락과 바꾸기도 했다. 그 먼 동네에서 온 아이들은 이미 거의 두 시간 정도 걸어서 학교에 와야 했기에, 첫 시간부터 그들은 항상 배고파했다.

학생들을 데려오고 데려다 주는 스쿨버스라는 것은 찾아볼 수 없는 때였다. 그 아이들은 가방 대신 양쪽으로 길게 천을 남도록 보자기에 싸서 어깨에 메거나 배에다 둘러 학교로 왔다. 비가 오거나 눈을 맞고 온 날은 아이들의 책들이 너무나 젖어 있어 우리의 밥과 김치가 들은 도시락이 난로에 올라가기 전에 그들의 책을 우선 말려야 했다. 모든 도시락은 모양이 거의 비슷해서 혼동이 될까 봐 저마나 이름을 써서 붙였다. 그나마 남의 밭에서 훔치질 못하고 그냥 굶어야 하는 아이들을 위해서 학교에서는 점심때 옥수수 빵을 쪄서 배급했다. 그때 따뜻하게 찐 옥수수 빵이 너무 맛있어서 가져온 도시락과 바꿔치기를 자주 하던 아이들이 많았다. 거의 하루 종일 학교에서 시간을 보낸 우리들에게는 그곳이 마치 집같이 생각되었으며 싸우고, 웃고, 먹고 그리고 노래까지 함께 불렀던 정든 곳이었다.

그때는 우리 모두가 가난했다.

친구가 오면 항상 "너 배고프니? 뭘 먹었냐?" 하는 인사를 제일 먼저 하게 되었다. 세 끼 배불리 먹을 가능성이 안 보이는 적막하고 배고픈 시대였다. 먹을 것이 풍부하고 걱정거리 없는 삶은 어디서고 찾을 수 없었던 어려움이 우리와 항상 함께였다. 그럼에도 우리들의 친우관계는 가까워질 수 있었고 우리는 "서로 도와주어야 한다."는 교육을 받았다. 뭉쳐야 산다는 교훈도 여기저기 붙어 있었다. '우리'라는 말을 '나'라는 말보다 훨씬 일찍 느끼게 되었음은 아마도 우리에게는 서로 도와야 하는 것이 생존을 위한 필수조건이었기 때문이리라.

그토록 세월이 많이 지나갔지만, 다시 만난 우리들은 인간 자체의 따스함을 가슴 깊이 느낄 수 있었다. 만나고 싶다는 소식을 주고받았던 시간이 짧았는데도, 사방 곳곳에서 많이 모여든 것은 서로가 보고 싶은 마음에서 모든 일들을 미루어 놓고 모였기 때문이었다. 한국에서 손전화핸드폰를 통해 정보는 너무나 정확하고 빠르게 움직였다.

우리 나이든 동창들은 예전과 같이 울고, 웃고, 먹고 그리고 노래 부르며 밤늦게까지 함께 시간을 보냈다. 다시 여러 곳으로 헤어지는 아쉬운 이별을 하며 우리들은 눈물 맺힌 얼굴로 "안녕!"이라 말했다.

8.

명성이란

...

　학교에 다닐 때는 누구나 언젠가 명성을 떨치는 유명한 사람이 되기를 원했다. 우리가 사회에서 명사가 되도록 선생님들은 우리를 채점하셨다. 시험 후에 모든 학생들 앞에서 공식적으로 점수를 불러대어 함께 공부하던 학생들이 나름대로 동기들의 성적을 알고 선착순을 매겼다. 상이라는 것도 많이 주곤 했는데, 그것을 많이 받으면 받을수록 나아가서 훌륭한 사람이 되기에 수월한 것처럼 생각하게 되었다.

　상장을 전혀 받지 못한 학생은 우선 우월하지 않다는 것으로 낙인이 찍히기도 했다. 어떤 교사들은 "선생님을 깔보는 대답을 했다."며 뺨을 때리거나, 큰 벌을 서게 했다. 우리가 착하게 굴었다 함은 위대한 사람이 되기 위해 선생님들 말씀에 무조건 복종하고,

지나간 성적보다 한 걸음 더 상위에 있는 점수를 따느라 노력하는데 있었다. 점수가 성큼 뛰고 시험을 잘 치른 사람은 무척 칭찬도 많이 받았다.

아시아에서 내려오는 말 중에 "아이들은 사랑하면 할수록 한 대 더 때려야 한다."는 말이 있다. 그래서인지 우리 선생님들은 무척 우리를 사랑하셨나 보다. 시험 치고 성적발표 날이 오면 마음이 덜덜 떨렸다. 그렇게 성적 발표가 있은 후에는 누가 가장 영리하고, 누가 제일 어리석은 학생인지 모두 알게 된다.

우리는 많은 벌도 받고, 맞을 때 아픔도 이겨내야 했다. 누구나 될 수 있으면 좋은 성적에 도달하고 제일 유명한 대학교에 들어가서 제일 좋은 회사에 취직하는 것이 인생의 성공목표였다. 좋은 대학을 졸업한 이들은 그에 따른 회사와 직접 선후배관계의 인맥이 있어 쉽게 돈을 벌 수 있는 다리가 이미 놓여 있었다. 그 사이를 뚫고 들어가는 것은 무척 어렵다.

'개성화하다.' 또는 '중용의 인간'이라는 단어는 요즘에 와서야 더 이해할 수 있는 말이다.

국민학교 때부터 나는 반장을 많이 했던지라, 항상 첫 번째로 매를 많이 맞았다. 아이들이 시끄러울 때 반장이라는 이유로 대신 매를 맞았고, 어떤 때는 내가 선두에서 조용한 아이들을 시끄럽게 했다고 또 매를 맞았다. 기다란 대나무로 종아리에 파랗고 빨갛게 피가 터지도록 맞았다. 선생님은 반장 한 사람만 때리는 것이 시원치 않으면, 반 전체 학생들에게 손을 안쪽으로 펴서 책상 위에 올려놓으라고 명령했었고, 우리는 손으로 그 대나무의 힘을 참고 견뎌야 했다. 우리는 손을 책상 위에 나란히 올려놓고 그 회초리가 손에 잘 맞을 수 있도록 움직이질 말아야 했다.

나는 어렸을 때 그리도 반장하기를 싫어했는데, 친구들은 내가 선생님들한테 무서움도 없이 잘 따진다고 하여 자꾸만 나를 선두에 세웠다.

어느 정도 철이 든 후에는 내가 스스로 반장을 하겠다고 나선 때도 적지 않다. 내가 옳다고 생각하는 것은 아픔을 참으면서라도 끝까지 버리지 않아서 종아리가 파랗게 멍들고 심지어 빨간 피가 나올 때까지도 굽히지 않고 서 있었던 단순하고도 고집스런 잘난 아이였다. 그리고는 내 말이 결코 틀리지 않았음을 자랑스럽게 생각했다.

반항적이었다.
참 바보였다.

나의 안전을 위해서 때로는 입을 열지 말아야 했는데, 그것은 옛날에도 못 했고 지금도 자신이 허락하지 않는다.

남을 아프게 만든다는 것은 교육자로서 참 힘든 일이고, 더구나 어린 학생들에게 폭력을 가하는 것은 더욱 힘들었을 상황이었을 텐데 우리 선생님들은 '제자를 사랑한다.'는 마음으로 힘든 일들을 기꺼이 이겨 내셨다. 요즈음은 선생님들이 교육을 좀 다른 방법으로 하신다니, 나는 참 다행으로 생각한다.

한국 부모의 교육열은 정말 높다. 어떤 이들은 탐욕스럽다 할 만큼 특이한 교육에 대한 열망이 있다. 어떤 서울의 특별난 지역에서 사는 사람들의 우월감은 보통 국민들의 자부심과 좀 다른 데가 있다는 말도 들었다. 그곳에서는 '그들만이 통하는 가락과 리듬에 맞추어 춤도 춘다.'고 했다. 서울 한복판을 흐르는 한강을 끼고 보통 세계와 특별 세계가 갈라져 있다.

30년을 넘게 독일에서 음악 지도를 해 온 나는 어느 날 서울의 음악 콩쿠르에서 손님으로 앉아 여러 가지를 직접 경험할 수 있었다. 1,000만 인구가 넘게 살고 있는 서울에서 음악 콩쿠르는 다양하게 존재한다. 한국의 학생들은 뛰어난 음악성을 지닐 뿐만 아니라 연습에도 부지런하고 음악의 대가가 되기 위해 열정을 다하는 학생들이 허다하다. 그런 아이들을 키워내기 위하여 많은 부모들이 엄청난 돈을 투자한다. 부모들의 세대가 이루지 못한 꿈을 자식들이 꼭 이루어 내기를 열망하는 이들이 참으로 많기 때문이다.

대가가 되려면, 콩쿠르에서 오는 들뜬 감정들을 스스로 통제할 수 있는 방법도 배워야 한다. 젊은 한국 학생들은 연주회에서 무대에 들어서면 말 한마디 없이 자리에 앉아 바로 연주를 시작했다. 중간에 심사위원 중 한 명이 부저호텔 로비에서 사람을 찾을 때 누르는 종과 같은 것을 누르면, 연주를 중단하라는 뜻이었다. 그리고는 몇 장 넘어 아주 빨리 쳐야 되는 부분을 연주해 보라고 하니까, 기계보다 더 정확하게 약속이나 한 듯 그 학생은 즉시 심사위원의 명령에 복종했다. 물론 모두 머릿속에서 악보 몇 장을 넘긴, 즉 암기한 상태에서 즉각 대응하는 상황이었다. 그리고는 연주 후에도 말 한마디 없이 무대에서 사라졌다. 다시 종이 울렸기 때문이다. 그것은 다음 학생을 부르는 신호였다.

너무 많은 응시자들이 저마다 대가가 되기 위해서 밀려온 탓인지 심사원들이 먼저 "안녕하세요? 학생 이름이 뭔가요? 오늘 우리를 위해 무슨 곡을 준비했나요?" 하고 물어오며 시작하는 독일의 콩쿠르와는 너무 다른 상황이었다.

그 후로 나는 '음악을 배우려는 감정적 요소와 음악이 인간에게 베푸는 뜻이 무엇인가'에 대해 그곳 음악교육자들과 토론하기를 꺼려했다. 나는 그저 "독일 콩쿠르에서는 심사위원들이 먼저 학생들을 맞이하며 대화를 나누어 긴장을 풀어주는데….." 하고 혼자 조용히 중얼거렸다.

며칠 후에 '구스타프 말러의 해'라고 하여 나는 서울에서 여기저기 연주회에 참석한 일이 있다. 연주회장이 독일과는 달리 젊은 학생들로 꽉 차 있었다. 내가 보니 초등학교 졸업반이나, 중학교에 갓 들어간 어린 학생들이었다. 그들은 베토벤, 브람스, 그리고 후고 볼프의 프로그램을 열심히 읽고 있었다. 연주를 듣는 것에 족하지 않고 무언가 열심히 노트에 적고 있었다. 너무 놀란 나는 전에 음악 동료였던 친구한테 물었다.

"이런 연주회에 저렇게 많은 학생들이 항상 감상하러 오냐?"
"그럼, 애들은 그냥 듣는 것으로 끝나지 않고 다음 주 감상록 시험에 글을 써서 내야 해."

연주시간에 대단히 많은 학생들이 앉아 있었는데도 무척 조용했다.

선생들은 줄마다 맨 끝에 앉아서 학생들을 자주 감시하는 시선으로 주목했다.

한동안 내가 독일에서 학생들이 학교 다닐 동안 한 번쯤은 연주회장에서 클래식 음악을 들어본 경험을 알려주기 위해 애쓰던 것을 기억했다. 어린 학생들에게 구스타프 말러나 브람스 곡들은 이해하기 어려울 것 같아 프로그램에 넣지 않았다. 슈만의 '꿈'이나 그와 비슷한 계통의 어린이를 위한 곡들을 준비했다. 연주회장에 오는 학생들이 없어, 나는 연주자들을 동원하여 학교 강당을 연주회장으로 만들어서 연주하도록 했다. 독일에서 그런 기억을 가진 나는 서울에서 많은 학생들이 연주를 감상하는 태도와 참석한 숫자에 놀라 옆에 앉은 친구에게 다시금 물었다.

"저 어린 아이들이 구스타프 말러의 곡을 이해하겠느냐? 더군다나 원어인 독일어로 부른 노래를?"
"이해한다기보다 다음 시험에서 멀티플 초이스 다답형 객관식 문제에 제대로 답하려면 열심히 들어야 한다."

구스타프 말러의 음악을 가지고 멀티플 초이스라고?

그럼 그 물음은 어떤 물음들일까?

친구는 또 곁들여 말해 주었다. 다음 주에는 같은 반 학생들을 데리고 죽음이라는 것을 배우도록 장례식 하는 곳에 데려갈 거라고. 그 학생들은 자진해서 잠시 동안 관에 드러눕기도 한다. 관 속에 누웠을 때의 감정을 직접 체험하기 위해 모든 다가올 일들은 알고 있어야 한다는 것이다.

모든 닥쳐올 상황을 대비하는 마음의 준비가 필요하다니, 죽음이라는 것이 꼭 이해할 수 있어야 하는 범위에 들어가는 것일까?

아이들의 꿈은 어디서 키울 수 있는 것일까?

그들에게 희망을 넣어 주기 위해 전달된 동화들은 도대체 어디에…?

대답이 없는 질문들을 마음에 담고 현재 나에게 더 친밀하다고 느껴지는 두 번째 고국인 독일을 향하여 비행기에 올랐다. 비행기 안에서 어떤 잡지를 펼치니 '아시아의 젊은이들이 세계에서 가장 높은 자살률을 보인다.'라는 통계가 나와 있었다. 그러나 피사시험에서는 거의 가장 높은 자리에 뜨지 않았나!?

영광, 명성…!?!

누구를 위한 영광인가? 무엇 때문에 명성을 떨쳐야 하는가!?

내가 소화시킬 수 없었던 많은 물음들이 언젠가 해결책을 얻을 수 있기를 바라 보았다.

9.

무
당

...

내가 어렸을 때 처음 구경한 예술인들 중 하나가 무당이었다. 그 여자는 춤도 추고, 노래도 부르고 여러 가지 악기를 당김음법으로 다루었다. 그녀의 의상은 가지각색의 반짝이는 천으로 화려하게 장식하여 찬란했고, 또한 소리 나는 것들이 많이 매달려 몸이 움직일 때마다 다양한 소리를 자아냈다. 아주 커다란 둥근 모자에도 크고 작은 방울들이 조롱조롱 매달려 머리를 위로 아래로 움직일 때마다, 하늘과 땅을 연결하는 듯한 리듬을 자아냈다.

그는 양쪽 손에 든 커다란 부채를 끊임없이 펼쳤다 접었다 하며 죽은 사람들의 영혼을 다시 불러들여 그들과 대화를 했다고 이야기했다. 그 무당만이 들을 수 있었다는 내용들을 사람들한테 전해 주었다. 부정한 사람들 앞에서 말을 해야 할 경우에는 자신의 얼굴을 부채 뒤에 숨겨 놓고 이야기를 하다가, 조상신을 대리하여 명령조로 말할 때는 부채를 접어 어떤 지휘자처럼 휘두르면서 크게 이야기를 했다. 신에 들려 춤을 출 때도 부채를 넓게 펴서 하늘과 땅 사이를 왕래하는 듯 작두 위에서 오르락내리락 뛰었다.

항상 그들이 깊은 경지에 들어가 칼춤을 추기 시작하면, 어렸던 나는 가슴이 조마조마하며 무서워졌다. 무당의 도움을 받기 위해 무당의 굿을 주문한 사람들도 두려움을 안고 조상신을 달래기 위해 옆에 놓인 바구니에 돈을 성큼성큼 올려놓기 시작했다. 조상신들은 화가 나서 무언가 살아 있는 사람들의 행위를 크게 꾸짖고 나무라면서 그 잘못된 행위로 인하여 귀한 식구가 불치의 병을 앓는다고 알려주었다. 굿이 다 끝날 무렵에는 조상들도 사랑과 온순한 마음으로 귀신이 물러나게 도움을 주기도 하고 어떤 방법으로 귀신이 물러나게 할 수 있는지를 알려 준다.

무당들이 원하는 것은 다양했다. 때로는 해결하기 어려운 문제들도 적지 않았다. '어떤 칼을 지정해 준 자리에 정확히 몇 시간 놓아두라.'고 하는 명령이 있는가 하면, '물 한 그릇을 지정한 나무 밑에 하루 종일 놓아두고 몇 백 번 절을 해야 하는 경우'도 있었다. 그리고 조상의 무덤을 잘못 잡았다고 하여 다시 시신을 옮겨야 하는 경우도 있었다. 조상들의 원을 다 들어 주고 나면 불치의 병이 다시는 일어나지 않는다고 한숨을 놓으나 병이 낫지 않는 경우도 허다했다. 또한 산신, 나무신, 조상신 그리고 그 외에도 많은 신들이 사람들의 현 상황을 좌우하는 큰 힘을 부여한다고 믿었다.

나무는 하늘과 땅을 연결해 준다고 하여 귀하게 여기고 어떤 나무에는 헝겊에 자신의 소망을 써서 매달아 두기도 했다. 무당들은 오로지 무당들만 허락된 경지에 들어가 신들의 의향을 전달받고 집안의 변을 당한 사람들에게 전달함으로써 앞으로 어떤 조치를 취해야 올바른 것인지를 알 수 있다고 했다. 또한 무당들은 자신들이 그런 신들린 상태에서 무슨 말을 했는지 잘 모른다고 했다. 그러나 그런 굿이란 것에 돈을 얼마쯤 지불해야 하는지는 정확히 알고 있다.

그들은 물론 신과 같은 존재는 아니어도 믿는 사람들한테는 이미 비슷한 높이에 올라 있었다. 여자라고 해서 모두 무당이 될 수는 없다고 했다. 오직 무당이 될 수 있는 자격을 하늘로부터 받은 사람만 할 수 있다고 했다. 요즘의 예술인들과 마찬가지로, 무당이 유명하면 할수록 옆 동네에 어느 이름 없는 무당보다 움직이는 가격이 훨씬 비싸다.

무당들은 죽은 사람과 살아 있는 사람들 사이에 있는 미지의 영역에 들어가 하나의 믿음을 만들어낸다 했다. 그래서 믿는다는 것은 참으로 신기하다. 그들은 많은 돈을 요구하는 동시에 그에 따른 타당치 않은 권력마저 부여 받는다. 동서를 막론하고.

그때 무당들이 춤을 출 때 악기를 두드리며 자아낸 소리는 일생 동안 내 귀에서 사라지지 않는 것으로 박혀 있다. 무언가 처음 경험할 때 느끼는 감정은 결코 어느 누구에게도 동일할 수 없는 나 자신만이 갖는 개별적인 것이라는 것을 느꼈다. 그리고 나의 삶 속에서 다양한 경험을 많이 겪은 후에야 그런 감정들이 확실하게 내 마음에 와 닿았다.

무당

10.

호랑이가 담배 피울 적에

...

10월 3일은 고국에서 나라가 세워진 날로 국경일이다. 한국에서
는 서기년도에다 기원전인 2333년을 붙여 우리나라가 세워진 해를
표시한다. 나는 어떤 한국여행 책에서 기록해 놓은 단군신화를 재
미있게 읽었다. 이미 독일어로 번역된 것을 여기에 옮긴다.

단군신화: 하늘과 땅의 연결

옛날에 하늘님은 서자 환웅이 하늘 아래로 내려가 인간세상을 이
룩할 것을 허락하였다. 환웅은 3천 명의 무리를 거느리고 아주 높은
태백산 정상에 내려와 자신을 환웅천왕이라 했다. 환웅은 풍백, 우사,

운사를 다스리는 힘으로 인간 세상에 필요한 의학, 토질학은 물론 거의 360여 가지의 일을 주관하여 다스렸다.

　이때 호랑이 한 마리와 곰 한 마리가 동굴에서 살면서 항상 환웅에게 빌어 사람이 되길 원하니, 환웅이 쑥 한 줌과 마늘을 주며 100일 동안 그것을 먹고 햇빛 없이 잘 넘기면 인간이 될 것이라 하였다. 곰은 인내로 이겨 내어 아름다운 여인으로 변할 수 있었으나 호랑이는 참지 못하는 바람에 인간이 되지 못했다. 여자로 태어난 곰에게 환웅이 신비스런 힘으로 아들을 낳도록 하니 그 아들을 '단군'이라 하였다. 기원전 2333년 10월 3일에 단군은 평양성에 도읍하고 조선이라는 나라를 세웠다. 그는 1,500년 동안 나라를 건설하고 다스리다가 다시 하늘로 돌아갔다.

　그러고 보면, 나는 원하던 것이 끝까지 이루어질 수 있도록 인내심이 많았던 그 곰의 딸이다. 할머니께서 그런 옛날이야기를 해 주시면, 나는 무언가 더 많이 이야기해 달라고 항상 졸랐다. 할머니께서는 옛날이야기를 하실 때면 항상 밑바닥까지 닿는 기다란 담뱃대로 담배를 피우셨다. 사실 그때는 여자에게 담배가 금지된 시대였을 뿐만 아니라, 감히 누가 옆에 있을 때나 혹은 거리에서 담배를 피운다는 것은 절대로 허락되지 않았다. 다만 노인이 된 여인들은 언제고 아무 때나 담배를 피워도 금지하는 이가 없었던 것이다.

할머니는 남자들처럼 다리를 접은 자세로 따뜻한 온돌방 아랫목에 앉으셨다. 우리 여러 손자 손녀들은 할머니 앞에 숯을 피워 뜨겁게 된 놋화로를 가운데 두고 둘러앉았다. 우리들이 할머니 방에 들어가기 전에 할머니께서는 이미 그 숯불 속에 고구마, 밤 같은 것들을 종종 숨겨 놓으셨다.

할머니의 옛날이야기가 깊어가는 동안 고구마 익은 향기는 방 전체로 퍼졌다. 그렇게 우리의 감각은 오직 할머니께서 숨겨 놓은 먹을 것에만 신경이 써지고 배도 갑자기 출출해졌다. 고구마인지 밤인지를 알아맞힌 아이들에게는 할머니께서 상으로 한 개를 더 주셨다. 할머니 이야기는 끝이 없었고, 군고구마를 먹고 싶어서 인내심이 없이 종알대기 시작하면 너끈히 우리들의 심리를 요량껏 받아 주셨다.

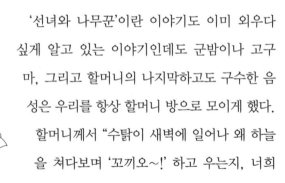

'선녀와 나무꾼'이란 이야기도 이미 외우다시피 알고 있는 이야기인데도 군밤이나 고구마, 그리고 할머니의 나지막하고도 구수한 음성은 우리를 항상 할머니 방으로 모이게 했다. 할머니께서 "수탉이 새벽에 일어나 왜 하늘을 쳐다보며 '꼬끼오~!' 하고 우는지, 너희

들 아니?" 하고 물으시면 우리는 "아니요, 몰라요. 빨리 얘기해 주세요, 할머니!" 했다. 독일에서 옛날이야기를 시작하려면 항상 "아주 오랜 어느 옛날에…" 하고 시작하지만, 한국에서는 이렇게 시작한다. "옛날 옛날 호랑이가 담배 피울 적에…"

나무꾼과 선녀

한 나무꾼이 어머니와 함께 어느 동네에 살고 있었다. 그 나무꾼은 아주 오래전부터 함께 살 수 있는 여자를 찾아 헤매었는데 어느 날 이웃동네 사람한테서 조언을 받았다. 일 년에 한 번 하늘에 사는 선녀들이 땅으로 내려와 연못에서 목욕을 하려고 옷을 벗어놓는 곳이 있으니 그중에 한 벌을 숨겨놓으라고 하면서 연못을 알려 주었던 것이다. 그리고 다음과 같은 말도 덧붙였다.

"이봐요, 나무꾼! 아내가 아이 셋을 낳을 때까지는 절대로 그 선녀의 옷을 보여주면 안 되오. 두 아이는 양쪽 손으로 안고 다시 하늘로 날아갈 수 있지만 세 아이는 불가능하니 그때까지 참아야 하오, 명심하시오!"

어느 날 마침내 나무꾼은 하늘에서 내려온 어여쁜 선녀들이 옷을 벗고 연못으로 들어가는 것을 나무 뒤에 숨어 살펴보다가 한 선녀의 옷을 바위 뒤에 숨겨 놓았다. 옷을 잃어버린 선녀는 다시 하늘로 올라가질 못하고 땅에 남았다.

나무꾼은 그 선녀를 아내로 맞이하여 두 아이를 낳았으나 나무꾼의 아내는 종종 향수에 젖어 자신의 옷이 어디에 숨겨져 있는지 한 번만 보여 달라고 졸랐다. 세월이 지나 이웃동네 사람이 금지한 말을 잊고 나무꾼은 숨겨 두었던 옷을 꺼내어 아내에게 보여 주었다. 하늘의 여인은 그 옷을 입자마자 어린 두 아이들을 양손으로 안고 그만 다시 하늘로 올라가고 말았다. 나무꾼은 아내와 자식들이 보고파 고뇌에 잠겼다.

남편의 슬픔을 전해들은 하늘에 사는 부인은 날개가 달린 말 한 마리를 땅으로 보내어 남편을 싣고 하늘나라로 데리고 오게 하였다. 하지만 한동안 가족들과 행복하게 하늘에서 살던 남편은 향수에 걸려 땅에 살아 계신 어머님을 그리워하며 다시 한 번만이라도 뵙고 돌아오고 싶어 했다. 간곡한 부탁에 부인은 날개 달린 말을 내어 주며 당부했다.

"말을 타고 땅으로 내려가면 절대로 그 말에서 내리시면 안돼요!

그런데 만약 말에서 내리면, 그 말이 혼자 하늘로 돌아오고 당신은 이곳에 영영 다시 올 수 없으니 조심하세요!"

하지만 그는 어머니를 뵈옵는 순간 너무나 반가워 인사를 드리다가 타고 온 말에서 내리고 말았다. 그 말은 이내 다시 하늘로 날아가고 나무꾼은 아내와 자식들에게 다시는 돌아갈 수 없게 되었다.

"얼마 안 가서 그 나무꾼은 가족들을 그리워하는 마음의 병에 걸리어 죽고 말았단다." 하고 할머니는 그 슬픈 이야기를 끝맺으셨다. 연이어 "얘들아, 왜 새벽이 되면 수탉이 하늘을 보면서 꼬끼오 하고 우는지 아니?" 하고 할머니께서 다시 물으시면, 우리는 그 이야기를 수십 번 들었는데도 "아니요!"라고 했다. 그러면 할머니께서는 말씀하셨다.

"그 수탉이 원래 죽은 나무꾼이었거든, 그래서 하늘에 있는 아내와 자식들이 그리워 우는 소리를 들으라고 그렇게 크게 하늘을 향해서 우는 거란다."

수탉이 너무나 불쌍했다. 새벽에 일어나 크게 외치는 그의 그리움과 아픔의 소리가 나의 어린 귀에 생생하게 울려 왔다. 맛있게 구 워진 고구마도 그 애달픈 울음 속에 맛을 잃어버리곤 했다.

부모님이 돌아가신 후, 언젠가부터 나에게 지금 생활하는 독일이 두 번째 고향이라는 애정이 저절로 주어지기 전까지 나에게도 그런 그리움은 종종 다가왔다. 고국과 한국 가족들에 대한 향수가 나에 게도 커지면 언제고 날아갈 수 있도록 항상 남편은 도와주었다. 나 의 옷을 숨기지도 않았다. 그리고 나는 언제나 같은 그리움을 안고 독일 가족에게로 다시 돌아올 수 있었다. 그리고…. 내가 선녀가 아 닌 것이 천만다행이라 생각했다.

11.

첫 번째   독일친구

...

힐데 보르트만.

내가 그녀를 사귈 때 이름은 카이저 여사였다. 한국에서는 보르트만 여사라고 부르게 될 것이다. 그 부인은 카이저라는 분과 결혼을 했기에 카이저 여사라고 불렸다. 한스 카이저, 독일의 화가다. "독일에서는 결혼하면 남편의 성을 따라서 부르죠." 하고 카이저 여사는 나한테 설명해 주었다. 요즘은 여자들이 결혼해도 자기 이름을 보존하지만, 거의 50년 전에는 그러했다고 덧붙였다.

카이저 여사는 그녀의 친구들에게 우리들이 사귀게 된 동기를 이야기했고, 나도 내가 아는 사람들한테 우리가 처음 만나게 되었던 이야기를 했다. 우리의 만남은 항상 재미있는 이야기로 이어졌다.

친한 사이에는 성을 빼고 이름만 부르므로 우리도 이름만 불렀다.

힐데는 그때 막내아들이 군복무 대신 사회봉사의 일을 선택하여 파리에서 머물고 있었고, 엄마로서 그를 방문하려고 그 기차를 탔다고 했다. 나에게 피아노를 가르쳐 주시던 곳프리드 선생님이 직업상 파리의 소르본느 대학으로 옮기셔서 그에게 계속 피아노 렛슨을 받기위해 나도 같은 기차를 탔다. 나는 그때 음악대학 입학시험을 치기 바로 직전이었다.

내가 살던 도르트문트라는 곳에서 모스크바에서 출발해 파리로 가는 기차를 올라탔다. 그때가 전쟁 중은 아니었지만 많은 군인들이 무거운 가방을 메고 군복 차림으로 기차 안 통로에 여기저기 앉아있었다. 주말이라 휴가를 받은 군인들이 집으로 가는 것이 틀림없었다. 그 기차는 그 외에도 너무나 많은 사람들로 꽉 차 있었다. 내가 독일에 와서 처음 타 보는 기차였다.

어딘가 앉을 자리를 찾으며 움직이던 나에게 어느 칸에 중년의 여자가 혼자 앉아 있었고 그 옆의 다른 자리들은 비어 있는 것이 보였다. 나는 그녀를 마주보는 창가의 좌석에 앉았다. 나 이외의 사람들이 왜 나처럼 빈 좌석을 찾아 앉지를 않는지 의아해했다. 도르트문트에서 파리까지는 상당한 시간을 필요로 하는데 말이다.

나는 앉을 수 있어서 마음이 가벼웠다. 자동차나 기차를 타고 국
경선을 그냥 넘을 수 있다는 것이 한국인인 나로서는 참 신기했다.
한편으론 내가 엉뚱한 곳으로 가는 기차를 잘못 탄 것이 아닐까 하
는 두려움도 없지 않았다. 앞에 앉은 낯선 부인은 내가 어디까지 가
며, 왜 그곳을 가는지 물었다. 부인이 묻는 말은 이해를 했어도 어
떻게 대답을 독일어로 해야 하는지 몰라 항상 가지고 다니던 단어
책을 꺼냈다.

독한-한독 사전.

내가 떠듬거리며 겨우 단어 몇을 가지고 문장도 제대로 이어나가
질 못했는데, 그 부인은 다 이해한 것처럼 고개를 끄덕였다. 얼마
후에는 내가 이미 문장을 만들기도 전에 그가 먼저 내가 이해할 수
있는 몇 단어들로 문장을 만들어 주었고, 나는 그저 맞다고 고개만
끄덕였다. 그리고 그 완성된 문장을 나는 다시 한 번 반복해서 말하
였다. 나는 그 부인이 나한테 물은 것처럼 어디까지 가시는지 그리
고 왜 가시는지에 대해 똑같은 질문을 했다. 내가 그 부인의 대답을
다 이해 못 한 것을 눈치챘는지 그분은 선반 위에 올려 두었던 무거
운 트렁크를 밑으로 내려놓고 그 속에 있는 먹을 것이 들어 있는 깡
통이나, 소시지 같은 것을 보여 주며, 아들한테 먹을 것도 갖다 주
려고 짐에 넣었다고 했다. 다행히 그런 내용은 이해하기에 어려움

이 없었다.

처음으로 혼자 가는 여행이라는 것도 이해를 했으나, 어려운 물음이 될 수도 있어서 "왜요?"라고 묻지를 않았다. 묻고 싶었던 많은 말들도 문장 작성의 어려움에 지쳐 그냥 침묵을 지켜야 했다. 단어장에서 얼른 찾지 못한 단어들은 몸으로, 얼굴표정으로 표현했다. 힐데도 얼굴과 그의 손짓으로 언어를 대신했다. 그래도 서로 이해할 수 없으면 그냥 마주보고 웃어대었다.

기차표를 검열하는 사람이 왔다. 자리를 잘못 선택했다고 하여 나는 그 부인과 헤어져야 했다. 나의 표는 물론 일등석이 아니었다. 모두 똑같이 생긴 사람들인데도 독일 기차에 일등석, 이등석이 구별되어 있는지조차 나는 몰랐다. 그제야 나는 이등석 자리를 찾아 헤매었다. 하지만 어느 곳에서도 빈자리를 찾을 수 없었다.

나도 서 있는 사람들 틈에 있을 수밖에 없었다. 나는 그제야 그 서 있는 사람들이 앉을 수 있는 자리를 찾기에 게을러서 서 있는 것이 아님을 이해하게 되었다. 한참을 서 있는데, 힐데 부인이 그 많은 사람들을 헤치고 기차 안에서 나를 찾아왔다 그리고는 이제 표를 검사하는 사람이 지나갔으니 다시 자기 좌석 앞으로 오라는 손짓을 했다. 나는 그 부인을 따라갔다. 우리는 다시 단어장과 손짓

발짓의 도움으로, 우리들의 종점인 파리에 도착할 때까지 대화를 연결해 나갈 수 있었다. 역에 나를 데리러 온 피아노 선생님에게 나는 그 부인을 소개했고 힐데는 주말에 자기가 머물고 있는 호텔 주소를 적어 주었다. 앉아서 파리까지 올 수 있었다는 감사함에 나는 그 부인을 오페라 연주에 초청했다.

무대에선 '호프만의 이야기Hoffmanns Erzaehlung'가 연주되었다. 무대 위에서 부르는 가사는 한 단어도 이해 못 했지만 그의 음악은 귀에 익었던 것이라 괜찮았다. 우리는 그 무대를 4분의 1 정도밖에 볼 수 없었지만 음향은 벽을 돌아 우리 귀에까지 도달되었다. 힐데와 나는 파리의 오페라 하우스 4층에 서서 관람할 수 있는 자리의 표를 구했기 때문에 연주가 끝날 때까지 서서 관람했다. 피아노 선생님은 그때 주말 연주 당일이라 힐데와 내게 두 장의 표를 구해주기 위해 거의 오전 내내 표 파는 곳에서 줄을 서서 기다렸다고 했다. 그나마 서서라도 관람할 수 있는 입장권을 살 수 있었다는 것이 천만다행이었다고 즐거워하셨다.

이후 힐데는 파리의 오페라 연주홀에 들어왔다는 것만으로도 즐거운 경험이라 했다. "내 인생에 처음"이라 말했다. 어두침침한 4층 꼭대기에서 악보를 들고 지휘도 하고 작게 노래도 함께 부르며 관람하는 음악생도들을 보며, 나와 힐데는 그들이 열중하는 광경에 감탄하였다.

그런 광경들은 아직도 어제 본 듯이 뚜렷하게 아직 기억에 남아 있다. 그 학생들은 돈을 적게 지불하고 그런 자리에 들어올 수 있다는 것에 매우 행복해했고 무대의 작은 부분만 볼 수 있었음에도 불평을 하지 않았다. 앉아서 관람할 수 있는 파리의 오페라 하우스는 학생들에게 입장료가 너무 비쌌기 때문이다. 그 젊은 학도들의 열광적인 음악에 대한 도취가 우리에게도 감명을 주었다.

오페라가 끝난 후 힐데는 그런 오페라를 볼 수 있게 해서 고맙다고 저녁식사에 나를 초대하였다. 다시 독일에 돌아와서도 나를 자기 집에 초대하겠다고 말한 후 우리는 헤어졌다. 얼마 안 되어 독일 역에 나를 데리러 온 힐데와 나는 우리가 다시 만남에 무척 반가워하며 서로 끌어안았다. 우리의 우정은 나의 독일어 실력보다 더 빨랐다.

그녀의 집에 들어서자 커다란 병에 여러 가지 색의 유리 덩어리들이 담겨 있었다. 파랑색, 노랑색 그리고 초록색 등 진한 색의 물감이 나의 눈에 들어왔다. 후에 알게 되었지만 한스 카이저는 그림을 그릴 뿐만 아니라, 교회건물의 유리창을 다양한 색의 유리로 장식하는 예술가였다. 힐데는 그녀의 남편과 자녀들에게 나를 소개시켜 주었다. 그 집에는 화가가 일하는 아주 커다란 화실이 있었다. 그 화실에는 물감 냄새가 잔뜩 풍겼다. 아직 미완성된 그림이 화가의 뜻이 표현되기를 기다리고 있었다. 많은 깡통 속에 크고 작은 화필들이 꽂혀 있었고, 거의 8m나 되는 미완성 그림이 벽에 붙어 있었다. "테헤란에 있는 독일 대사관에서 주문이 들어온 작품"이라고 힐데가 알려 주었다.

나는 한스 카이저의 색채에서 무척 따뜻함을 느꼈다. 인간적인 따스함이었다. 그는 여러 작은 공간들을 커다란 공간 안에 그려놓는다고 했다. 그리고 그의 그림은, 어떤 음악과도 동일하게, 설명이 필요 없는 순수한 것에서 오는 생동감을 내 마음 깊숙한 곳에서 느낄 수 있게 해 주었다.

음은 울림으로 표현되고,
그림은 색으로 표현된다.

한스 카이저의 그림에서는 뚜렷한 어떤 형태를 바로 찾아낼 수 없다. 그러나 그의 색채와 그림에 그려진 까만 선들을 이용하여 화가가 무엇을 표현하려는지 영감으로 알 수 있게 했다. 그는 우리 자신의 느낌이 생겨날 수 있는 자유의 공간을 부여했다. 짙은 푸른

색, 빨간 색, 노란 색들 그리고 초록색 등, 모두가 내 시야에서 춤을 추고, 동양인의 까만색 먹필 같은 것으로 형체를 표현하고 그 위에 무언가 써 내려갔다.

볼프강 쳄터라는 이는 『한스 카이저의 화색작품』이란 책을 쓰고 제일 앞 장에 힐데를 위하여 헌사하는 시를 썼다.

거듭하여

예술 역사가들도,

비평하는 이들도,

모두가

작품을

사회적으로,

심리적으로,

해설하고,

비평하고

칭찬하는 가운데,

어느 누구도

예술가의 삶의 동반자를

배려하지 않으므로,

나는

이 책을

카이저 부인

힐데에게

이 시를 드립니다.

누군가는 "…화가는 물론, 시인이나 작곡가 같은 예술인들의 작품은 그들 경험 중 자기의 지각을 제일 높은 곳에 놓고 선두로 하여 스스로 재능을 발휘한다고 볼 수 있다. 그리고 순수한 객관적인 면을 그 작품 안에서 이해할 수 있도록 한다."고 하였다. 이처럼 힐데는 언제고 남편의 삶의 동행자로서 그의 가장 깊은 지각을 나타내기 위한 자신과의 싸움 속에서 무한한 인내심과 포용으로 항상 감싸주었다.

한스 카이저는 베스트활렌 예술가 표창Westfaelischen Kunstpreis도 받았다. 언젠가 나는 비텐Witten이라는 도시 박물관에 있었던 카이저 전시회를 간 일이 있었는데, 그때 전시된 책 안에 화가 카이저는 "인간의 만남을 통하여 우리의 삶은 값어치 있는 것으로 승화된다."라고 써 주었다. 그 후로부터 얼마 안 된 1982년에 그 화가는 우리 곁을 영원히 떠났다. 그의 둘째 딸 안나 힐투르트는 그녀의 아버지가 쓴 많은 시들을 한 편의 책으로 출간했다.

그 후 우리 가족은 한스 카이저가 많은 작품을 그렸던 이비차라는 섬에있는 그의 집에 머물면서 여름 휴가를 보냈다. 정열적이고 투명한 이비차 섬의 태양은 우리에게 그곳에서 그려진 그림을 통하여 그가 전하려 했던 영감을 뚜렷이 느끼게 했다. 그곳의 색채는 꾸밈이 없는 것이었고, 그곳의 자연과 흡사하였다.

나는 카이저의 그림뿐만 아니라 그의 시 '주변걸음: Randgaenge'도 무척 좋아한다.

은색,

하늘,

바다,

하얀 배 하나,

화산의 찌꺼기,

한 줌의 흙,

활짝 핀 빨간 꽃 제라늄.

마치 갈매기의 날개와 같은

하얀 배.

거리는 멀고,

그 공간은 조용하다.

모든 사물이 내 시야로 더듬어 가고,

나의 생각에 자국이 남는다.

변함이 오고.

모든 것이 사라진다.

눈처럼 하얀 배와

그리고 갈매기,

그리고

나는…?

나의 사념 속에서 추워 떨고 있다.

하얀 배는 바다에 떠 있다,

그의 돛대는 고독하게 하늘로 뻗쳐 있다.

조용히 그 자리에서 움직인다.

빨간 제라늄이 그 공간에 반사되어

하얀 색으로 퇴색되었다.

이내 어두운 밤이 오면

모두가 감추어지고,

모두가 잠재된다,

그리고는

다시 아침이 시작된다.

　몇 년 후, 나의 첫 번째 독일 친구였고 나보다 훨씬 나이가 많이
든 힐데가 우리 곁을 떠났다. 장례식이 열렸던 교회에서 내 딸이 첼
로 연주를 했고 나는 오르겔파이프오르간로 반주를 맡아 바흐의 아리
아라는 곡으로 이별을 했다.

　빨간 제라늄이 내 정원에 활짝 피었고.
　그 빨간 색은 우리들의 만남을 다시 연상케 했다.
　인간들의 값진 만남을…

12.

강림절 달력

...

독일에 와서 세 번째 크리스마스를 맞이하기 전 강림절에 사귄
지 오래 안 된 독일 남자친구는 선물이 가득 들은 '강림절 달력'이라
는 것을 들고 왔다. 그때 내 나이는 22살 때였다. 그때까지 나는 강
림절 달력이 무엇인지도 몰랐고 왜 그런 것을 선물하는지도 몰랐다.
그 친구는 아름다운 선물포장지로 작고 오밀조밀한 것들을 예쁘게
포장하여 기다란 실에 주렁주렁 달아 건네주었다. 그 작은 선물에
는 모두 다른 숫자가 적혀 있었다. "왜 1번부터 24번까지의 숫자가
선물마다 쓰여 있어요?" 하고 나는 물었다. 그는 "오늘이 12월 1일
이고 예수님 탄생일까지는 아직 24일이 남아있는데, 그때까지 기
다리는 지루함을 달래기 위하여 날마다 작은 선물을 한 개씩 풀어
보는 독일의 풍습"이라 했다. 그 속에는 주로 단 과자류나 사탕 같

은 것들, 또는 예쁜 볼펜이나 장난감 등 여러 가지 자그마한 선물들이 포장되어 숨겨져 있었다.

크리스마스를 기다려?
왜 기다릴까?
왜 선물을 이렇게 많이?

그 후에 나는 그 젊은 독일 친구와 결혼하여 우리 자녀들을 위해 거의 30년 동안 함께 강림절 달력을 준비하였고 12월 1일이 다가오면 그것을 아이들에게 선물했다.

남편과 나는 언젠가 이제 성인이 된 우리 아이들에게 과자류 같은 것을 선물할 필요가 없음을 인식하게 되었다. 그리고 성탄절이란 날이 2000년 전에 태어난 예수의 탄생을 기념한다기보다는 온 가족이 함께 모여 음식도 나누고 서로 선물도 교환하는 가족들의 만남인 것을 알게 되었다. 특히 가족들은 준비한 선물들을 주고받으며 서로 사랑을 표시한다. 크리스마스가 다가오면 저마다 거실에 전나무를 세워 놓고 장식을 한다. 전나무가 도대체 예수의 탄생과 어떤 연관성이 있는지 알고 있는 사람은 드물지만 전례를 따라 수응하며 너도 나도 모두 될 수 있으면 곧게 자란 나무를 찾아다닌다.

독일 모든 가족들, 유럽의 모든 거실에서 크리스마스 장식을 위해 저마다 전나무 한 그루를 필요로 하기 때문에 해마다 엄청난 숫자의 전나무가 예수의 탄생일 때문에 희생된다. 크리스마스 나무로 선택되어 그 삶이 끝나는데도 '인간들로부터 일생에 단 한 번 멋있게 장식 받기를 고대하며 기다렸던 행복한 나무'라고 인간들은 해명을 한다.

우리는 전나무 중에도 가장 향기가 짙은 나무를 사려고 나간 적이 있었다. 요즘 유행인 노르트만탄네를 사면 손가락이 찔려도 아프지 않고 오랫동안 거실 안에 세워 두어도 나무바늘이 떨어지지도 않고 오래 간다고 했다. 그러나 그런 종류의 전나무는 향기가 나질 않았다. 그래서 우리는 향기가 많이 나는 소나무를 사기로 결정했다. 몇 년 전에도 그런 나무를 사려고 했는데 찾을 수 없어 실망한 우리들에게 '인공 전나무 향기를 담은 병을 그 나무에 걸어놓으면 된다.'며 나무를 파는 사람들이 권했으나 우리는 가능하면 자연스런 향기를 택하기로 했다. 소나무의 향기를 순수하게 받아들이고 싶어서였다.

나는 어렸을 때 한국에서 헝겊으로 장식된 나무들을 많이 보았는데, 그것은 유럽에서 크리스마스를 위하여 장식된 나무와는 전혀 다른 모습을 하고 있었다. 우리 할머니는 식구들 중 누군가 아프면, 종종 물 한 사발을 나무 밑에 놓고 빌었다. 그런 커다란 나무는 하늘의 신과 땅의 신이 만날 수 있는 중요한 다리 역할을 한다고 할머니는 믿었기 때문이었다. 가지각색의 헝겊으로 장식된 나무 밑에서 마음 속의 가장 원하는 것을 이루게 해 달라고 빌면 하늘과 땅의 신은 꼭 자신의 소원을 들어주시는 신령한 힘을 내리신다고 굳게 믿었던 신 앙 때문이었다. 왜 물이 꼭 필요했을까? 나는 아직도 그런 이유를 확실하게 알지 못 한다. 아마도 나무는 항상 물을 필요로 하기 때문 이 아니었을까?

깨끗한 자리를 펴고 앉으신 할머니는 양쪽 손바닥을 마주 대고 오랜 시간 동안 정성스레 비비셨다. 그 손바닥을 비벼대는 소리와 무언가 조용히 중얼거리시는 그 기원의 소리는 내 귓전에 아직도 남아 있다. 할머니께서 원하시는 말씀이 무엇이었는지 많이 궁금했 어도 자신만 알아들을 수 있는 자그마한 소리로 말씀하셨기 때문에 도무지 그 단어들을 이해할 수 없었다. 기도란 오직 자기 자신에게 만 해당되는 일이라 생각했기 때문에 여쭈어 보기도 민망스러웠다.

언젠가 새로운 종교인 그리스도교가 한국에도 들어왔다. 그 종 교는 다른 신을 거부했기 때문에 새로운 곳에서 정착되기까지 어느 곳에서도 많은 피를 흘려야 했다. 그리고 낯선 종교를 받아들여 자기 것으로 만들기까지는 절대적으로 신자들의 믿음도 필요했지만 특히 한국에서는 기독교가 하나의 믿음이라고만 생각할 수 없을 정도로 그 형태가 다양했다. 더구나 독일과 같은 교회 세금이 없기 때문에 교단마다 나름대로 경영하는 법을 만들어 각 지방교회들이 따르도록 했다. 헌금을 많이 낼 수 있는 교인이 많으면 많을수록 부자 교회가 된다. 그리고 너무도 많은 교회들이 거리 구석구석에 존재하고 때로는 높은 아파트의 거실 같은 조그만 방도 하나의 교회라 칭하며 예배를 드린다고 한다. 그런 교회의 종교단체는 아마도 나비의 다양한 날개무늬와도 같다.

우리 부모님께서는 언젠가 개신교 계통에서 가톨릭 교회로 옮기시며 하시던 말씀이 생각난다.

"태어난 예수를 믿는 건 개신교나 천주교나 다 마찬가지인데, 차라리 바티칸에서 내리는 동등한 교회법을 따라가는 카톨릭으로 옮기는 게 편하다. 더구나 개신교는 너무 종류도 여러 가지고 어떤 기도문을 해야 천국으로 가기 위한 것인지 복잡하다."

우리 부모님은 특히 카톨릭 교회에서 베푸는 사회적으로 좋은 여건들을 마음에 들어 하셨다. 이를테면 약 40년 전 한국에서는 불가능했던 건강보험 같은 것에도 가입하실 수 있었기 때문이다. 그리고 돌아가신 후에도 카톨릭 교회가 제공하는 아주 경치 좋은 곳에 저렴하게 묻히실 수 있었다. 부모님이 돌아가신 후에 누우실 자리를 일찍이 그곳에 마련해 놓으셨기 때문이었다. 정부로부터 혜택을 받을 수 없던 시절에 부모님은 교회를 옮기시면서 그에 따른 모든 사회적 혜택을 받게 되신 것이다.

내가 학교에 다닐 때는 친구들과 함께 개신교회를 나갔다.

친구들과 무언가를 함께 한다는 것을 매우 중요하게 생각했던 때였다. 그때는 개신교와 카톨릭 교회가 어떻게 다른 것인지도 잘 몰랐다. 또한 거룩한 곳인 교회는 모두가 어른들한테서 의심받아야 할 행동이 금지되어 있는 곳으로 알고 있었기 때문에 젊은 남녀 학생들이 얼마든지 함께 모일 수 있는 곳이기도 했다. '남녀 칠세 부동석'이라는 옛날의 교훈이 차츰 사라질 때였음에도 부모님들의 감시는 심했다. 그것은 물론 우리들을 사랑하셨기 때문일 테지만 말이다.

남녀 간의 어린 가슴 속에 무언가 서로 끌리는 강한 힘을 느끼면서도 그저 눈빛 속에만 담아두고, 하나님이 위에서 내려다보신다고 하여 거리를 두고 바라만 보았다. 그리고 일생 동안 이루어지지 못한 깨끗한 사랑이라 하며 그리움만을 안고 살아야 했다.

그때는,
결혼 전에 누구와 성관계를 가졌다고?
절대 비밀!

사랑하기에 남들이 보는 앞에서 한 번 용기 내어 손목을 잡았다고?
있을 수 없는 일!

남들 앞에서 남녀 간에 끌어안고 포옹을 하며 키스까지 했다고?
천벌 받을 일!

학생 신분으로 어쩌다 임신했다고?
아무도 모르게 학교에서 퇴학!
미혼여성이 임신했다고?
회사에서 곧장 사표장이 날아든다.
결혼해서 임신했다고?
정상적인 회사 일을 할 수 없다 하여 또 사표장을 들먹거린다.

임산부 보호법, 임산부를 위한 노동조합회, 임산부 휴가, 부모를 위한 휴가?

그 당시 전혀 존재하지 않았던 법들!

'문화란 무엇인가?' 하고 언젠가 문화협회 회의에 들어가 물어본 적이 있다. "문화란 삶의 형태다. 삶의 형태는 대다수가 존재하며, 그런 다양성이 인간의 특별함을 나타내고 있음은, 우리가 어디서든지 인간답게 살려고 하기 때문이다."라고 그때 막스 훅스 교수가 대답했다.

한국의 문화에는 조상을 숭배하는 문화가 있다.

조상숭배는 종교와는 다르다. 새해를 맞이하는 날같이 조상을 숭배하는 때가 돌아오면, 가족들과 친지들이 모여 '조상이 누워 있는 산소를 함께 방문하며 돌아가신 분들을 기억한다.'고 하며 준비해 온 음식을 산소 앞에 펼쳐 놓고 형식적으로라도 죽은 사람을 그리며 함께 음식을 나누어 먹는다. 쌀로 만든 소주를 몇 잔이고 산소 위에 뿌리며 조상님의 목마름을 달래 주기도 한다.

우리 큰아버지는 장손으로서 외국에서 들어온 신종교를 절대로 안 믿는 분이시고, 그의 동생은 부처님을 모시는 불교인인 반면에 우리 부모님은 가톨릭 신자이신데도, 그런 조상숭배를 하는 날에는 산소를 찾아가 그 앞에 나란히 서서 모두가 함께 조상님께 절을 한다.

이제는 강림절 캘린더를 기다리지 않는 성인이 된 내 아이들에게 과자 대신 나는 '글로 쓴 강림절 캘린더'라고 제목을 붙인 전자 편지를 보냈다. 전자 편지를 통하여 내가 전하고 싶은 이야기들을 골라 날마다 주제를 하나씩 글로 선정하여 보냈다. 물론 아이들이 매일 읽을 시간이 나지 않음을 예측하고, 언제고 시간이 날 때 읽으라고 덧붙여 전했다. 수십 년 동안 지녔던 회고의 짐이 나에게 가벼워졌고 그때 써 놓았던 24편이 이제 책으로 완성되었다.

언젠가 컴퓨터를 열지 못할 날이 나에게도 오게 됨은 분명한 일이다. 그러나 내가 사용할 수 있는 동안은 언제라도 쓰려 한다. "글을 쓴다는 것으로 삶을 대신할 수는 없지만, 삶을 엮어갈 수 있는 하나의 새로운 길이 될 수 있다. (…) 왜냐하면 글을 쓰는 것은 오직 인간들만이 할 수 있는 일이기 때문이다."라고 스티븐 킹이 말했듯이, 나 또한 하나의 인간이기에.

아직도 나의 강림절 캘린더는 끝을 맺지 않았다.

13.

버섯마녀

...

우리 내외가 살았던 '뮌스터'라는 시에서 좀 떨어진 '아쉐베르크'라는 곳에 전시회를 간 적이 있다. 거의 약 35년 전의 이야기다. 그곳은 정식 전시회장이 아니었고 어느 보통 음식점이었는데, 그날 마침 소설가이며 인쇄예술가로 이름이 났던 사람이 그의 부인과 함께 앉아 있었다. 벽들은 사방에 인쇄된 그의 그림들로 장식되어 있었고, 그림 옆에는 조그만 가격표가 붙어 있었다.

우리는 그 당시 학생부부로 살면서 항상 경제적 어려움이 동반되었음에도 불구하고 그날 그림 한 점을 샀다. 그 그림에는 '버섯 마녀'란 제목이 붙어 있었다. 그때 뒷방에 숨겨 전시되었던 '알리스의 아침식사'라고 알려진 '잠지버섯Pimmelpilz'이란 그림도 살 수 있었지만, 우뚝 선 남근이 너무 뚜렷이 보여 민망스러웠다. 어떻게 저런 그림을 그런 공개석상에서 팔 수 있을까 하는 의아심만 가졌을 뿐 마음에 드는 것은 '버섯 마녀'였다. 그 마녀의 시선은 놀랍도록 날카로웠고 두 눈동자의 초점도 각자 방향이 틀렸다. 그녀의 오른쪽 귀는 얼굴만큼, 아니 훨씬 더 컸으며, 귀에서 나오는 가늘고 기다란 머리카락들이 마치 흔들리는 안테나와도 비슷한 모습으로 옆으로 뻗쳐 있었다. 피부는 여러 겹으로 겹쳐 두껍게 그려져 있었고, 입의 모양은 그 마녀가 무슨 느낌으로 쳐다보고 있는가를 연상케 했다. 또한 머리 한복판에는 아주 굵고 커다란 버섯이 하늘을 향해 솟아 있었다.

그곳에 앉아 있는 소설가 귄터 그라스에게 "왜 당신은 이 그림에 '버섯 마녀'라고 제목을 붙였는지요?" 하고 직접 물었더니, 그는 한동안 안경 너머로 나를 바라본 후 "당신도 어쩌면 버섯 마녀와 비슷하게 생긴 여자인 것 같다."고 대답하며 짧은 콧수염에 많은 맥주 거품이 묻어 있는 입으로 슬며시 웃었다. 그때부터 그 '버섯 마녀'는 나와 함께했다. 그 마녀의 그림은 아직도 나의 음악실 벽에 걸려 있으며 끊임없이 나를 항상 주시하고 있다.

삶의 강물은 여러 번 골짜기를 돌아가며 흘러간다. 어떤 때는 곧바로 흘러갈 수 없을 것 같은 언덕에 부딪쳐 정지 상태로 머물게도 되고, 그나마 물줄기가 이어지지 못할 때는 혼자만의 두려움으로 남아 있게 된다. 흘러가던 물은 그곳에 고이게 되고, 기다리는 시일이 길어지면 이내 힘을 잃어버리고 강한 햇볕 속에 증발하여 그 형태를 잃어버릴 수도 있다. 인내심으로 그 자리에서 흘러갈 수 있는 힘이 주어질 때까지 기다릴 운명이라는 묘한 자연의 진리를 체험하기도 한다.

나도 그 소설가가 일러 주었듯이 정말 하나의 '버섯 마녀'일까?
옛날 마녀들은 불로 태워 죽이지 않았는가?

그림 속에 있는 마녀와 같이 내 머리 위에 굵고 커다란 버섯이 자라고 있지 않더라도, 나는 살아 있다는 것만으로도 만족하게 생각했다.

14.

문화의 만남

...

문화를 접하는 것엔 시간적인 제한이 없다. 하지만 다른 민족이 이루어 낸 문화를 알고 싶을 때에는 먼저 그에 대한 흥미가 앞서야 하고 시간을 허락하여 그것을 대할 수 있는 기회를 만들어야 한다.

나는 내 고국인 한국 문화를 독일인들에게 알리고 싶어서 여러 차례 한국 문화를 소개할 수 있는 전시회를 열었다. 내 아이들이 태어났고 그들의 잔뼈가 자란 도시이기 때문에 한국이란 나라의 문화를 더욱 알리고 싶었다. 마침 문화담당을 맡은 기관의 사람들은 문화의 만남이라는 소재로 자기 나라를 소개할 외국인들을 찾고 있었다. 음악을 가르치는 것 외에도 한국 문화를 소개하겠다고 기꺼이 나선 나에게 담당기관은 적극적으로 도움을 주었다.

베를린에서 살며 한국 전통악기와 고전 무용을 홍보하던 아티스트 그룹을 초대하여 연주와 춤으로 시립극장에서 공연을 진행했는데, 그때 한국의 전통악기를 연주하며 고전 무용을 추던 분들은 거의 재독 간호사 출신으로 근무 후에 모여 악기와 무용을 배웠지만 전문가 못지않은 훌륭한 예술인들이었다.

내가 알고 있던 세계적이고 유명한 한국인 작곡가 윤이상 교수께서 작곡하신 '교향곡 5번'을 베를린에서 바리톤 가수 디트리히 피셔 디스카우의 노래로 감상한 후 나는 윤 교수를 우리가 사는 도시로

초청하려 했다. 우리 도시가 베를린에 비해 작은 도시였지만 윤이
상 교수께서는 '기꺼이 오겠다.'고 해 주셨다. 그러나 당시 우리 음
악담당자는 현대음악에 그리 흥미를 보이지 않아 초대하지 못했다.

　그리고 도시 한복판에 태극기를 꽂아 놓고 태권도 시범을 보여
주기도 하고 옛날 풍습을 찍은 사진전시회에서 책자에 소개된 옛날
흑백사진들을 크게 확대하여 걸어 놓았다. 또한 같은 도시 시민인
사진작가 그레벤슈타인 부부가 수차례에 걸친 한국 여행 때 찍은
사진들을 전시하여 한국의 현대 모습을 소개했다. 나는 흑백사진을

확대하는 일을 하면서 그 사진작가 부부의 암실에서 무척 많은 시
간을 보내기도 했다.

사진전시회 개막식에는 그 당시 보쿰 대학에서 한국어를 가르치
시던 자쎄Dr. Sasse 교수님을 초청하여 한국을 소개하는 강의로 시
작하였다. 그때 여러 전시회를 통하여 나는 새롭게 고국에 대한 많
은 사실들을 알게 되었다.

또한 한국에서 살고 계시며 그곳에서 많이 알려져 있던 칠산 임
재영 씨의 도자기와 큰 붓으로 그린 예술작품들을 전시했다. 그의

절정적인 그림Ecstasy-Bilder들은 당시 불교의 '도'를 터득한 화가가 붓을 사용해 오직 한 동작만으로 창호지에 표현하는 움직임의 과정이라 할 수 있다.

"저는 침묵 속에서 명상하며 '도'를 통해 얻은 힘으로 종이 위에 한 우주를 폭발시킵니다. 그리고 획을 우리의 삶과 동일하도록 꼭 한 번만 사용합니다. 절대로 반복을 하지 않습니다."

칠산 임재영 씨는 자신의 그림에 대하여 그렇게 설명하였다. 화가가 몇 시간 명상에 심취하여 절정에 도달하면 그 안에서부터 느껴지는 강한 에너지가 붓을 통해 밖으로 표출되는 과정이라는 설명도 덧붙였다. 칠산 임재영은 자신의 그림을 창호지보다 종종 도자기 위에다 그렸는데 "종이는 금방 타 버릴 수도 있고 찢어질 수도 있지만 섭씨 1,200도가 넘는 온도에서 구워낸 도자기는 깨졌다 하더라도 내가 그린 획의 발자취는 영원히 남아 있기 때문입니다."라고 그 이유를 밝혔다.

함부르크에 있는 예술과 산업 박물관Kunst-und Gewerbe Museum에서 그의 작품 두 점을 구입하기 위해 우리 도시까지 관장이 직접 와서 보고 선택하였다. 그리고 함Hamm이라는 도시에 있는 구스타프

뤼프케Gustav-Luebke-Museum 박물관에서는 방문객들을 위해 그의 도자기 작품을 아직도 전시해 놓고 있다.

그 후 또 몇 년이 지나서 내가 한국에서 알게 된 민화작가이자 무형문화재 18호이신 김만희 씨를 전시에 초대했다. 당시 김만희 작가는 연세가 70을 이미 넘으셨고, 민화를 그리는 정열에 의해 정상적인 시력을 거의 잃으신 상태였다.

'무형문화재'라는 것은 한국의 고유문화를 홍보하고 그의 기술을 후세가 이어 받을 수 있도록 지정된 사람들에게 주어지는 특별한 명칭이다. '민화'라는 것은 '서민들이 그린 그림'이란 뜻이며 일상생활과 고유의 신화 같은 이야기를 그림으로 표현한 예술을 말한다.

예를 들면 호랑이가 담배를 피우고 작은 토끼 두 마리는 힘이 세고 커다란 호랑이가 담배를 잘 피울 수 있도록 담뱃대를 들어서 도와주는 광경을 담은 그림 작품이다. 화가는 '강한 자와 약한 자가 서로 협력하여 살아야 한다는 교훈을 중요시해서 그런 표현을 했다'고 말씀하셨다. 그는 수많은 '민화작품'을 통하여 한국의 지나간 일상생활을 그림으로 표현하여 우리의 기억 속에 남아 있도록 했다. 그리고 그 외에도 동양문화가 반영된 동화나, 상징성 부호들을 그려 그것에 대한 창조적 의미를 표현했다.

나는 그의 아주 섬세하게 그린 호랑이의 털을 보며 놀라지 않을 수 없었다. 입 양쪽으로 4줄기 수염에 그려져 있는 작은 토끼들은 전혀 호랑이 앞에서 겁나는 표정을 짓고 있지 않았다. 호랑이도 그저 담배 한 대 피우고자 하는 평화로움만을 나타낼 뿐이다. 그 호랑이 입 양쪽 면에는 토끼들보다 훨씬 길고 두꺼운 수염이 6줄기나 그려져 있다.

베를린에 거주하는 한국대사관 홍보과에서 김만희 씨의 민화 전시작품 전체를 베를린에서도 전시할 의향을 전했다. 그래서 나는 우리의 전시가 끝나자마자 차를 몰고 그곳에 김만희 씨의 작품들을 전달해 주었다. 그때 일하시던 홍보과장님이 파란 호랑이 그림에 흥미를 가지셔서 그 그림은 베를린 홍보과에 기증되었다. 그리고 한국 대통령 영부인께서 베를린을 방문하신다 하여 그 전시회를 연장시켰다.

나는 자연스러운 연한 밤색과 하얀 색의 털을 가진 호랑이가 더 마음에 들었다.

나는 하루에도 수십 번씩 거실과 부엌 사이를 드나들며 그 그림을 감상한다.

호랑이의 담배 냄새를 맡는 듯하다.

이국 땅에서 음미하는 고국의 냄새임이 분명하다.

15.

꿈

...

꿈속에서는 꿈을 꾸고 있다는 것을 스스로 느끼지 못한다. 꿈에서 깨어난 후에야 그 꿈속에서 느꼈던 아픔이 방금 실제로 일어난 일이 아니라는 것을 나는 알게 되었다. 언젠가 내가 오랫동안 울면서 흥분했을 때 나의 남편은 내 몸을 흔들어 깨웠다. 그 꿈속에서 나는 많은 마음의 상처를 받았고 무척 괴로웠다. 나는 다시 나를 현실로 돌아오게끔 도와준 남편의 가슴에 안기어 한없이 고맙게 느꼈다. 조용히 남편의 숨소리를 느끼며, 다시는 꿈속으로 빠지지 않겠지 하는 희망을 안고 다시 잠을 청했다.

태양이 가득 찬 어느 봄날이었다. 마치 나의 영혼까지도 냉동시킬 것 같았던 추운 겨울이 막 지나갈 때였다. 그래서인지 봄의 태양을 맞이할 마음까지도 힘들게 느껴졌던 때였다. 피곤한 눈언저리가 아프게 느껴졌고, 내가 또 이런 봄을 몇 번이나 맞이할 수 있을까 하는 미래에 대한 호기심이 나도 모르게 생겨났다. 계절의 바뀜을 나는 그때까지 그리 어렵지 않게 받아들였다. 그러나 태양이 가득 찬 그 어느 날에는, 봄이 가져다주는 향기를 나의 마음에 그저 즐겁게만 받아들이지 않을 것 같은 예감이 생겼다. 겨울에 식었던 햇빛이 너무 강렬하게 갑자기 다가와 잔잔했던 마음까지도 흔들리게 될까봐 약간의 두려움까지도 생겼다. 세월이 지나가며 나의 피부는 얇아지고 미약해진 때문이라 생각했다.

고국의 뜨거운 태양열로 이국의 낯설던 추위를 항상 이겨낼 수 있었는데, 그러나 그 언젠가 봄날에는 내 피부가 태양의 뜨거움을 소화시키지 못한 채 그대로 타 없어질 것 같았다. 나는 스스로 나를 보호할 수 있도록 한 발자국 뒤로 물러나 그늘 밑으로 발을 옮겼다.

전화벨이 울렸다.

항상 전화가 오면 누구한테서 왔는지 번호를 검토했는데, '전화'라고만 쓰여 있고 번호가 박혀 있지 않았다. 어떤 남자의 목소리가 들려왔고 내 이름을 대며 바꾸어 달라고 했다. 내 이름은 맞았지만 너무나 천천히 말하는 독일어를 들으니 외국 남자라는 것이 확실

했다. 그 남자는 나의 목소리를 알아채고 얼른 한국말로 이야기하기 시작했다. 그는 "내 목소리를 알 수 있어요?"하고 묻더니 바로 "내가 누군지 알아맞혀 봐요." 했다. 물론 나는 그의 목소리를 알아챘으나 한동안 말이 안 나왔다. 난 침묵으로 대답했다.

"여보세요! 여보세요? 제 목소리 들립니까?" 하고 그는 당황한 소리로 물었다. 나는 "네, 들려요. 그리고 당신이 누구인지도 알아요. 그런데 지금 어디서 전화를 거시는 거예요? 독일에 들어오셨어요?" 하고 물었다. 그는 "한국에서 전화하는 거예요. 갑자기 당신이 너무 보고 싶고 목소리가 너무 그리워 참지 못하다가 다행히도 인터넷 덕분에 전화번호를 알아내어 지금 전활 하는 거예요." 했다.

"…"

"저를 아직도 사랑하고 있나요? 우리 남은 인생 함께 살고 싶은 생각이 없는지, 묻고 싶어서…!"

"…"

"여보세요! 여보세요? 목소리 들려요?"

"30년도 더 지난 후에 어떻게 느닷없이 그런 걸 물어보세요!? 부인은 어디다 두고!? 부인이 죽기라도 했어요!?"

"아니, 죽진 않았어. 하지만 이야기가 길어지네, 기회 되면 얘기해 줄게요. 당신은 행복하게 살고 있나요?”

“…”

“여보세요! 여보세요? 언제 한국에 들어오지? 우리 꼭 한번 만나
요! 너무 보고 싶어요. 언제 올 수 있는지 꼭 알려 줘요! 꼭…!”

“어머니가 심하게 편찮으셔서 그렇지 않아도 어머니 뵈러 한국에
들어가려고 준비중이예요. 아마 마지막으로 뵐 것 같은 생각이 들
어요. 그러나 내가 당신을 만나는 것은 고려해 봐야 해요. 우리는
본 지가 너무 오래됐잖아요. 이제 나이 먹은 여자라는 거, 아실 텐
데!?”

“메일 주소를 좀 줘요, 내가 메일을 보낼게요.”

나는 얼결에 내 메일주소를 알려주었다.

“당신의 목소리 들어 정말 반가웠어요. 그럼 메일로 연락할게요.”

그는 아주 많은 전자편지를 보냈다.

나도 또한 답장을 썼다.

그는 나에 대한 그리움이 35년 전에 있었던 그 마음 그대로 존재
한다고 하며 우리는 서로 사랑을 진정 고백할 기회도 없이 세월만

보냈다고 한탄했다.

꿈을 기다리는 사람!
예술가라서 그런가!
사랑이란 단어를 이용하여 언제나 그리움이란 것을 간직하고 싶은 자기중심적인 예술인의 욕망일 거야. 그들은 특히 일생 동안 이루어지지 못한 사랑을 찾아 무척 고뇌를 한다지?

나는 그렇게 생각했다. 오랜 세월이 지나서 사랑한다고 말을 하는 것조차 민망스러웠다. 나는 이미 많이 변해 있는데, 현재의 '나'라는 존재를 모르면서도 그런 말을…? 그저 '사랑'이라는 단어를 다시 한 번 혀로 형성해 보고 싶은 나이 먹은 아이들의 망령이겠지. 그것밖에는 아무런 의미를 생각해낼 수 없었다. 그는 '자신의 가치를 자신에게 도취되어 찾고 있는 것'임이 분명했다.
나는 젊은 사랑을 안고 머나먼 낯선 이국으로 날아왔다. 내가 성인이 되었음에도 더 자라고 싶어서였다. 나 역시 나 자신에게만 투자했다. 그러다 나에게 소중한 한 사람을 이국에서 사귀었고, 그와 수많은 세월을 함께 걸어왔다. 그리고 우리는 서로의 삶에 필요한 보호와 애정을 마음껏 베풀었다. 우리의 사랑을 우리 아이들의 탄생으로 현실화 시켰고, 함께 기쁨과 슬픔을 나누어 가졌다. 우리의 피부색이 다른 외모로 인한 서먹함을 포옹의 힘으로 이겨냈다. 새로운 뿌리가 낯설었던 땅에 심어졌고, 그 안에 나의 새로운 고향을 만들었다.

고국으로 향하는 비행기에 몸을 실었다. 나 역시 어린 시절의 그리움에 압도되어 나를 오랫동안 그리워했다는 사람을 고국 방문 동안 만났다.

우리는 서로 알아볼 수 있었다.
설명할 수 없는 감정들이 오고 갔다.
젊었을 때의 순진했던 것들을 그대로 간직하기로 했다.
우리들의 때 묻지 않은 감정들을 조심스레 처리하며 지나간 세월을 그대로 받아들이기로 했다. 오랜 시간이 흘러간 후에 다시 그리워했던 사람을 만날 때 주어지는 감정은 무척 오묘했다. 꿈에서나 변할 수 있는 느낌들이 살아나는 듯했다.

나는 꿈속에서 또 꿈을 꾸었다. 지나간 시간은 다시 재생이 안 되는데, 꿈에서는 가능했다. 다시 만날 수 있어 즐거웠던 열정도 현실처럼 느껴졌다.

다시 비행기에 오르는 계단에 무언가 끈적대는 것이 묻어 있었다. 내 신발이 그것 때문에 자꾸만 벗겨졌다. 맨 밑의 계단에 붙어 있는 신발을 떼어 다시 신었는데 또 자꾸만 벗겨졌다. 계속 그 상황이 반복되었다. 이내 다시 신발을 주으러 계단 끝에 가서 보니, 비행기는 이미 계단을 밀어내고 출발점을 향하여 가고 있었다. 나는 비행기와 연결되지 않은 계단에 혼자 서 있었음을 깨닫게 되었고, 비행기와 나 사이의 간격은 점점 커지고 있었다. 결국 나는 큰 소리로 "나는 꼭 저 비행기를 타야 해요. 내 식구들이 나를 기다리고 있어요!" 라고 흥분하여 울며 외쳤다.

크게 우는 소리에 놀란 남편이 나를 마구 흔들어 깨웠다. 그리고 나를 악몽에서 구출했다. 다시 돌아온 봄을 맞이하며 깊게 호흡을 쉬었다. 얼었던 흙이 다시 녹기 시작했고, 여기저기서 하얀 눈방울꽃들이 흙을 뚫고 나왔다. 연약하게만 보였던 작은 꽃망울인데도 굳게 언 땅을 헤치고 용감히 우뚝 서 있는 그 힘이 얼마나 대단한 것인지 참으로 반가웠다. 봄의 태양에 아직도 녹지 않은 흰 눈이 쌓여 있었는데도 그들은 방울꽃으로 활짝 웃으며 추위를 이겨냈다. 그때 나의 피부에 가까이 다가온 봄의 햇빛을 그대로 받아들일 수 있는 힘이 주어졌다. 아주 가까운 친밀감으로 밀려왔다.

전화가 울렸다. 한국에 사는 언니한테서 온 전화였다.

"우리 엄마가 어젯밤에 돌아가셨어. 그래도 숨을 넘기실 때 내가 안아드릴 수 있었지. 모레가 장례식인데 네가 독일서 그렇게 빨리 올 수 있겠니? 우선 너에게 알려주려고 전화했어."
목이 멘 목소리로 언니가 말했다.

"언니, 내가 빨리 비행기 표 주선해서 갈 테니 기다려! 그래도 엄마 마지막 가시는 길은 동참하고 싶어"
나는 그렇게 대답했다.

어머니가 돌아가신 후 나의 고향이 사라진 것 같은 느낌이 왔다. 어머니 장례식을 마치고 다시 비행기 트랩에 오르는데 끈적대지도 않았고 내 신발도 그 꿈에서처럼 잃어버리지 않았다.
이민자로 독일에 살고 있는 어떤 소설가가 고국을 멀리하고 사는 사람들의 다섯 번 변형된 삶의 형태를 표현한 적이 있다.

떠나갔습니다.
그리움을 밀어 젖혔습니다.

꿈

잊어버리려 했으나
다시 생각이 났습니다.
다시 돌아가고 싶었는데
갈 길을 찾을 수 없습니다.

하지만 나는 이것이 나의 삶과는 다르다고 생각했다.

나는 고국을 잠시 동안만 떠나가기로 했습니다.
절대로 고국에 대한 그리움을
숨기지 않았습니다.
그것을 잊으려 한 적도 없었습니다.
그러므로 고국의 상황을
나의 현 생활에 담고 살았습니다.
언젠가 다시 돌아가고 싶어 갈 길을 찾으려다,
이내 흘러간 삶의 힘에 휩쓸려
자신의 시력이 뚜렷하지 않음을 느끼게 되었습니다.
 한 방향으로 움직이던 바퀴는 이미 돌아가던 힘의 지배를 강하게
받고 있다는 것을 알게 되었습니다.

16.

나비의 꿈

...

　나비들은 자신들의 꿈을 이루기 위해 우리 인간들과는 다른 방법을 사용한다. 그들은 큰 인내심으로 자연의 법칙에 순종한다. 땅을 기어 다니던 곤충으로서는 상상도 못 할 어여쁜 나비로 변모할 수 있을 때까지 스스로 만든 고치 속으로 들어가 육체를 숨긴다. 그리고 그 안에서 희망을 꿈꾸며 양쪽으로 날개가 자라서 힘을 얻어 자유스럽게 날아갈 수 있을 때까지 기다린다.

　때가 되면, 그때까지 체험할 수 없었던 전혀 다른 형태인 아름다운 날개를 펴고 새 삶을 향해 출발한다. 그 양 날개의 모양은 절대적으로 동일하면서도 마치 인간의 얼굴과도 같이 다양하며 꿈을 이룬 평화로움을 자아낸다. 그들은 마음 주어지는 대로 날아다니다가, 쉬고 싶을 땐 어느 곳에서든지 살며시 앉아 휴식을 취한다.

자신의 동반자를 만난 나비들은 서로 포옹을 하고 사랑에 빠져 아주 오랫동안 움직이질 않는다. 그들이 큰 인내를 통해 부여받은 날개를 함께 접어 마치 한 마리의 나비로 착각할 만큼 고정된 상태에서 사랑을 주고받는다. 그러한 자세가 사람들이 보기에는 속박된 부자유스러운 상태로 느낄 수 있으나, 자신들이 스스로 선택한 것이기에 원하던 자유를 충만하게 누리고 있다고도 볼 수 있다. 그들을 관찰하는 인간들은 그러한 나비들의 삶이 이미 지정된 곤충의 과정 속에서 실행되는 것뿐이라고 규정한다. 하지만 원하는 것이었건, 이미 지정된 것이었건 상관이 없다. 나비들은 인간들의 삶을 관찰하지도 않고 '그럴 것이다'라고 인간들처럼 규정도 하지 않으며 오직 자신들의 삶을 이어갈 뿐이다.

나는 여성으로 태어난 인간이다.

나 역시 이미 지정된 삶의 길을 자동적으로 걸어가고 있는지도 모른다. 나는 그런 사실들을 스스로 정확하게 알 수 없다. 하지만 그것은 다행한 일이라고 생각한다. 내가 원하는 것이 무엇인지를 나는 항상 파악하고 내가 사는 동안에 그것이 어느 정도 성립될 수 있도록 노력하며 살아갈 뿐이다. 나의 행복을 갈구하는 감정은 사는 동안 동행하거나 같이 만났던 사람들 사이에 좌우되고 있다. '우리 모두가 마치 거미줄처럼 서로 연관되어 있다'고 생각하기 때문이다. 아무리 멀리 떨어져 있는 사람이라도 같은 느낌이 일치할 때에 공감이라는 마음의 만남이 있을 수 있기 때문이다. 그런 만남은 공간과 시간을 초월한 상태이다.

우리는 살고 있는 한, 진정한 감정의 자유가 허락되지 않는다. 그래서 우리는 항상 자유를 선망하게 되는지도 모른다. 양심이란 것을 도외시하고 싶을 때가 온다. 자신의 감정이 변화되기까지는 많은 시간을 필요로 한다. 인간들은 간혹 나비와도 같이 애벌레에서 벗어나 절대적 변모의 승화를 항상 갈구하고 있는지도 모른다. 약 400년 전 한 중국 학자는 질투, 진실, 그리고 정결에 대하여 단편을 썼다.

'나비의 꿈'

옛날 높은 관리자로 있는 추앙체란 사람은 어느 날 고뇌를 하게 되었다. 그는 나이 많은 현명한 라오쩨라는 선비를 찾아가 자신의 어려움을 전해주었다. 항상 꿈에서 자신이 나비로 보인다고 했다.

늙은 선비는 추앙체가 전생에 나비로서 자유를 만끽하며 살다가 후생에 와서 사람으로 태어나 공무를 보는 일을 맡아 많은 어려움을 이겨내야 하는 어려움 속에서 생기는 고뇌임을 알려 주었다. 추앙체는 그 일자리를 그만 두고 부인과 여행에 나섰다. 그 후 그는 자유의 삶을 만끽했다. 부인은 남편의 자유에 대한 동경심을 잘 이해할 수는 없었어도 아내로서 남편을 동반하는 의도로 함께 여행길에 나섰다. 어느 날 추앙체 부부가 휴식을 취하느라 산 밑에 앉아 쉬고 있는데, 새로 만들어진 산소 앞에서 어느 여인이 생소한 행동을 하여, 의아하게 생각하였다. 그 낯선 여인은 며칠 전에 죽은 남편의 산소 앞에서 아직도 마르지 않은 흙을 부지런히 부채질을 하며 말리고 있었다.

"왜 그렇게 부채질까지 하며 바쁘게 산소를 말리느냐?"고 묻는 추앙체에게

"남편의 산소에 흙이 다 마르기 전에는 새로운 남편을 받아들일 수 없기 때문이지요. 자연적으로 흙이 마르기에는 너무 오래 시간이 걸리고, 새 남편을 받아들이고 싶은 마음은 간절하여 하루빨리 마를 수 있도록 부채로 바람을 냅니다."라고 낯선 여인은 대답을 했다.

추앙체는 원래 높은 자리에서 일하는 관리자로서 자연을 움직일 수 있는 힘을 갖고 있었기 때문에 강한 바람을 일으켜 몇 분 만에 그 산소의 흙을 말려 그 여인의 소원이 이루어질 수 있도록 도와주었다.

이에 추앙체의 부인은 깊은 질투심을 품고 남편에게 무한한 호통을 치며 괴롭혔다. 그러자 추앙체는 자신을 즉석에서 죽은 사람으로 만들어 누워 버렸다.

며칠 후 추앙체의 부인은 남편의 장례를 치르기 위해 많은 사람들에게 그 사실을 알리었다. 모인 손님들 중에 추앙체를 옛날부터 존경하며 사귀어 왔던 왕자가 한 신하를 데리고 초상집을 방문하였다. 그 왕자와 추앙체의 부인은 서로 한눈에 반해 버렸다. 왕자가 그녀를 포옹하려 하는데 자신이 숭배했던 추앙체의 시체가 들은 관이 시야에 보이므로 무척 심적으로 방해가 되었다. 왕자와 그의 신하는 그 관이 눈에 보이지 않도록 밖으로 들어내었다.

그때 너무나 힘든 과정을 이기지 못한 왕자는 이내 가끔 일어나는 졸열증이 나타나 쓰러지고 말았다. 신하는 당황하여 그런 증상이 왕자에게 오면 꼭 죽은 사람의 골을 먹여야 다시 회복이 된다고 그녀에게 알려 주었다. 추앙체의 아내는 지체 없이 죽은 남편의 생생한 골을 얻으려고 즉시 관을 열게 하였다. 추앙체의 관이 열리자, 아름다운 나비 한 마리가 밖으로 훨훨 날아갔다. 추앙체는 부인에 대한 사랑은 잃어버렸지만, 다시 주어진 자신의 날개로 인하여 자유스럽게 원하는 곳으로 날아갈 수 있었다.

1967년에서 68년까지 서울에서 억울하게 형을 선고받아 감옥에
잡혀 있었던 한국의 대작곡가 윤이상 교수는 '나비의 꿈'을 그곳에
서 오페라로 작곡하였다. 그는 베를린에 살고 있을 때 북한에서 온
옛 친구를 만났다는 이유로 인하여 간첩으로 몰렸다. 결국 서울로
납치를 당하여 사형선고를 받고 그곳에서 억류되있다. 그 당시 제3공
화국의 독재정치가 남한에 실시되면서 북한에서 온 사람을 만나는
것은 절대로 금지되었던 시대였다. 그렇기 때문에 남한 정보부 사
람들은 베를린에서 갑작스럽게 그를 체포했고 즉시 서울로 수송하
였다. 윤이상 교수는 즉시 반문했다.

　　"내가 작곡공부를 하려고 유럽을 향하여 고국을 떠날 때는 한국이
　　갈라진 상태가 아니었기에 아직도 내가 태어난 조국은 같은 민족이
　　라 생각합니다. 그리고 북한에서 살고 있는 옛 친구도 만날 수 없고,
　　예술인으로서 영감을 일깨워 주는 북한에 있는 우리 고유문화도 보러
　　갈 수 없다고요? 그걸 가지고 나를 사형수로 몰아넣을 수 있나요?"

　　결국 그는 다른 죄수들과 함께 간첩이었다는 누명을 쓰고 체포당
하여 무서운 고문까지 겪어야 했다. 윤이상 교수는 사형수로 머물
며 고난에 시달리다가 얼마 후에는 사형수에서 평생 죄인인 종신형

으로 바뀌어 생명을 우선 구할 수 있었다. 이후 몇 년간 전 세계 예술인들이 참여한 서명투쟁으로 그는 마침내 감옥에서 해방되어 베를린으로 돌아왔고 독일인으로 국적을 바꾼 후 그곳에서 거주할 수 있게 되었다. 그리고 자유인이 되어 독일에서 1995년까지 음악인으로 활약할 수 있었다. 하지만 결국 그 사건 이후로 36년간 그는 한 번도 고국으로 돌아갈 수 없었고 그의 작품 연주는 한국에서 금지되었다.

윤이상 교수는 그 감옥에 갇혀 있는 동안 작곡을 하면서 지냈다. 나비처럼 자유롭게 감옥과 죽음에서 해방될 수 있는 나비의 꿈을 그는 선망했다. 언젠가 그의 음악이 고국에서도 연주될 수 있다는 허락이 나오자 그는 고국을 이내 방문하겠다고 감명 깊게 말했다. 그러나 그렇게 고대했던 바람도 끝내 이루지 못하시고 돌아가셨다. 그를 초대하면서 정부에서는 "전 국민 앞에서 당신이 행했던 일을 공식적으로 사과하라"고 했단다. 윤이상 교수는 "내가 사과를 해야 할 만큼 잘못한 일이 없다"고 대답하고 고국 여행을 포기하였다. 그 후 몇 달이 못 되어 베를린에서 숨을 거두셨다. 한국에서는 그가 병환으로 인해 고국을 방문할 수 없었다고 보도되었지만, 정당치 못한 요구를 한 그 당시 정치인들에게 무릎을 꿇지 않은 셈이다.

윤이상 작곡가는 많은 상처를 마음에 안고 떠났고, 오직 그가 남긴 작품을 통해서만 그가 살아날 수 있다. 유명했던 독일의 여성 작가가 『상처받은 용』이란 제목으로 윤이상에 대하여 책을 낸 바 있다. 같은 민족 안에서 일어났던 가슴 아픈 일이었다.

윤이상의 고향인 통영을 방문한 나의 첫 번째와 두 번째 여행은 22년이란 세월을 그 사이에 두고 있다. 첫 번째 여행에서 남해바다를 끼고 있는 통영에 도착한 나와 가족들이 작곡가 윤이상 씨가 태어난 집이 어디인지 사무소에 가서 물은 적이 있다. 그 사무소에서 일하던 사람은 자신도 잘 모른다며 물어보고 알려 주겠다고 하며 나가더니 다시는 우리에게 돌아오지 않았다. 아마도 우리에게 안내 금지가 되었거나 윤이상 선생님의 납치사건으로 인하여 두려움이 앞섰기 때문이라 생각했다. 사실 그때 한국 여자인 내가 독일 남편과 어린 아이들 둘을 끼고 사형수로 몰렸던 윤이상 선생님의 생가를 찾고 있다는 것 자체가 그곳에서 사무를 보던 이에게 도저히 이해가 안 되는 행위였음이 분명했다.

우리 일행은 윤이상 선생님이 외국으로 떠나기 전에 음악선생님으로 근무하며 그 학교의 교가를 작곡한 곳을 찾아가기로 계획을 다시 바꿀 수밖에 없었다. 그 학교에서는 여전히 학생들이 그가 작곡한 교가를 부르고 있었다. 우리의 방문을 환영하시던 그 당시 교장선생님은 학생들한테 직접 교가를 우리 앞에서 부르게 하셨다. 남편은 그 학생들의 합창을 카메라로 촬영하였고, 독일에 돌아와 그 광경을 그 당시 베를린에 계시던 윤이상 선생님께 보내 드렸다. 왜냐하면 고향을 그가 그리워했어도 고국에서는 그의 작품 연주가 금지된 것은 물론 자신이 돌아갈 수 없는 나라가 되었다고 안타까워하시던 상황을 나는 알고 있었기 때문이었다.

그 후 22년이 지나서 통영을 두 번째 방문했을 때에는 세계의 대작곡가 윤이상 교수를 추모하는 커다란 박물관이 세워져 있었다. 그 박물관은 그가 태어난 그 옛날 집터 위에 세웠다고 했다. 그리고 버스정류장은 물론 어느 곳을 막론하고 대문짝만큼 커다란 포스터에 윤이상 선생님의 얼굴이 담겨져 붙어 있었다. "통영에서 태어난 세계의 거장 작곡가 윤이상"이라고 모든 시민들이 자랑스러워하며 쳐다보는 것이었다.

박물관에 들어서니 '돌 위에 세워진 나무집'이라고 도우미가 설명을 하며 박물관 안쪽의 여러 방을 안내하였다. 작곡가가 쓰던 소지품이 있는 방에 들어가 보니, 그가 입었던 외투, 양복, 모자, 지팡이, 타자기, 행사계획표, 넥타이, 가방, 안경, 팔목시계 그리고 자필로 쓴 악보들이 정리되어 나란히 진열되어 있었다. 많은 사진들,

특히 자신의 영감을 얻기 위해 북한을 방문했을 때 찍었다던 무덤 안의 벽화사진도 크게 확대되어 있었다.

돌아가신 분의 얼굴을 그대로 본 뜬 것을 볼 수 있었고, 한국의 베토벤처럼 생긴 흉상은 북한에 있는 원본을 따서 만들었다며 하얀색의 높은 기둥 위에 놓여 있었다. 북한에서는 나라를 세계에 알리는 큰 공헌을 했다 하여 연주회장도 그의 이름으로 세웠다고 들었다. 남한에서는 금지명령으로 도외시했던 지나간 사실들이 눈에 박힌 가시처럼 아픔을 느끼는 듯 늦게나마 민족의 영웅처럼 그의 자취를 보관하고 있었다.

박물관을 들어가며 읽었던 벽에 쓰인 어느 시인의 글을 나는 나오면서 노트에 적어 놓았다. 그때는 그가 이미 베를린에서 돌아가신지 오랜 세월이 흐른 뒤였는데도 '윤이상은 이곳에 살고 계신다.'라고 적혀 있었다.

> 집은 돌아오는 곳이다.
> 지구 반대편까지 떠났다가 돌아오고
> 죽어서도 돌아오는 것이 집이다.
> 통영 도천동 선생의 옛 집자리에 (…)

그러니 윤이상은 이제 고향인 통영으로 돌아가셨다. 넬리 작스 Nelly Sachs가 쓴 시를 가사로 그가 작곡한 5번 교향곡이 귀에 들려 왔다.

이 땅에 살고 있는 민족들이여(…)
함께 숨을 쉬며 태어난 우리의 소리를
미움의 칼로 자르지 마시오(…)

'예술인의 진정한 자유'란 무엇일까?

어느 시점에서 우리는 한 작품을 예술이라 단정 지을 수 있는 것인가?

언제부터 인간은 자유를 자유라고 느끼게 되었을까?

인간이 추구하는 진정한 자유는 우리가 살고 있는 한 언제고, 그리고 어디서나 항상 누릴 수 있는 것일까?

우리가 꿈에서 살고 있는 것은 아닐까?

현실과 꿈이 뒤바뀐 지금일까?

아니면 우리도 나비의 애벌레처럼 변모할 미래를 바라보며 현재를 살고 있는 것은 아닐까?

17.

ㅂ·ㅂ·ㅂ·넓은 세계

···

　40년이 넘도록 "왜 당신은 독일에 오셨나요?"하고 묻는 사람들에게 그때마다 확실한 대답을 할 수 있도록 나는 노력했다. 부모님께서는 부자가 아니었기 때문에 저는 일찍이 내가 살아갈 수 있고 내가 원하는 것을 해결하는 방법을 스스로 찾아야 했다고 대답했다. 그리고 "저는 60~70년 당시 독일에서 절실히 필요했던 미소 짓는 한국 간호원이었습니다."라고 덧붙였다.

　외국인 노동자로 팔려온 우리를 보고 '한국에서 온 천사'라고 한 이유는 우리가 항상 얼굴에 미소를 띠고 일을 했기 때문이다. 언어의 장벽은 물론, 쉽게 따라갈 수 없는 깔끔한 독일 생활법칙들이 처음 우리들에게 무척 힘이 들었지만, 환자들 앞에서 우리가 그런 것들을 이해했을 때 기뻐서 미소를 지었고, 또한 알아듣지 못할 때에도 미소로만 대답을 할 수 있었기 때문이었다.

　그때는 부잣집에서 태어난 아이들만 미국이나 유럽으로 유학의 꿈을 꿀 수 있었는데, 가난한 형편에 태어난 나도 그런 꿈을 버리지 못했다. 그 당시 독일 병원에서는 환자를 돌봐주어야 할 간호원들이 부족하여 외국인 간호원들을 수용할 수밖에 없는 상황이었다. 그때 당시 우리 간호원의 월급이 한국에서 국무를 보고 있는 장관들의 월급과 거의 비슷하다고 하였다.

　나는 스스로 벌은 돈으로 피아노 레슨비를 지불했고, 또한 경제적으로 시달리던 부모님들께 돈을 매달 송금할 수 있었다. 그리고 절약하여 모아둔 돈은 후에 대학 다닐 때 쓸 비용으로 저축할 수 있었다. 간호원을 제외하고도 당시 독일 국민에게 필요했던 석탄을 땅속에서 캘 수 있는 광부들도 한국에서 왔다. 그 대가로 우리 한국은 많은 경제적 도움을 독일 정부로부터 받을 수 있었다고 했다. 한국의 수도인 서울과 부산을 연결하는 새로운 철도를 세울 수 있었던 것도 그런 혜택을 받았기 때문이라 했다. 내가 어느 날 고국을 방문하면서 등산을 할 때 우연히 함께 올라가며 낯선 사람과 주고받은 이야기 중에 알게 된 사실이다. 그 사람은 옛날 철도국에서 일을 했던 사람이었기 때문에 그런 사실을 분명히 알고 있다고 전해 주었다.

몇 년 전에도 나는 우리 독일가족들과 함께 서울에서 부산으로 가는 기차를 이용하면서, 현대식 기차로 여행할 수 있도록 철로가 놓여 있는 것에 흐뭇한 마음이 들기도 했다.

나는 'ㅂ. ㅂ. ㅂ'와 모차르트의 음악을 접하며 자랐다. 독일은 많은 작곡가가 태어난 '작곡가의 나라'다. 그래서 바하, 베토벤 그리고 브람스에 대한 호기심이 컸으며 그들의 작품과 그 자취를 그들의 본국에서 더듬고 싶었다. 그 당시엔 내 자신이 독일에서 오래 살며 독일 국적의 시민이 되는 것은 상상조차 하지 못한 일이었다.

세계 1차대전이 일어나기 전에 독일 왕실의 음악장이었던 프란츠 에커트Franz Eckert라는 독일 사람이 어느 날 동양에 건너와 서양음악을 공급하지 않았더라면 나는 그런 음악의 형태도 모르고 자랐음이 분명하다.

마지막 한국의 왕인 고종은 왕실의 오케스트라를 지휘할 것과 동시에 한국의 애국가를 작곡하라고 그 당시 프러시아 왕국의 음악인으로 일하던 에커트에게 위임을 내렸다. 1901년, 나이 49세의 프란츠 에커트가 서울에 왔을 때 한국에서는 서양음악이 기초로 하는 다음계나 장음, 단음의 체계를 잘 모르는 상태였다. 하지만 에커트는 한국으로 오기 전에 이미 일본에서 20년간이나 서양음악을 가르치며 머문 경험이 있던 사람이었다. 일본사람들은 그를 통하여 서양음악과 비슷한 음률로 자기 나라의 애국가를 작곡 받았다.

그 당시 나라마다 애국가라는 것을 만들어 부르는 것은 중요한 일이 었다. 유럽에서도 물론 그러했고. 일본도 유럽을 따라 그러했고, 좀 시기가 늦었지만 한국도 애국가라는 것을 필요로 했다. 그렇게 한국에서 애국가는 1902년 처음으로 연주되었으며, 고종은 제3종의 공로로 십자훈장을 에커트에게 수여했다. 그때 우리 애국가의 가사는 다음과 같다.

> 우리의 왕을 하나님이 보우하사,
>
> 오랜 세월 보내시고,
>
> 바다의 모래알처럼
>
> 높고 많은 언덕을 쌓아,
>
> 이 세상 모두에게
>
> 그의 명성 빛내리라.
>
> 왕의 행운을 안고
>
> 날마다 새로운 번영이
>
> 천 년, 수천 년 지속되리라.
>
> 우리의 왕을 하나님이 보우하사

ㅂ.ㅂ.ㅂ. 넓은 세계

애국가 가사에 표현되었던 한국 민족의 소원은 겨우 3년간 지속되었다. 그리고 한국의 신은 일본의 신에게 무릎을 꿇게 되었다. 시대의 흐름에 따라 강대국들이 여러 약소국가를 침입하여 식민지 정책을 보편화 시키던 시절이었다. 유럽의 강대국들은 당당히 약소국을 침략하였다. 일본도 그들의 본을 땄다.

이미 1883년 한국은 독일과 미국을 향해 개방정책을 하였다. 그러나 1895년 일본과 중국과의 전쟁, 그리고 1905년 일본과 러시아의 전쟁에서의 승리자 일본의 강력한 힘을 이겨낼 수가 없었던 한국이었다. 1905년 일본은 자기 나라와 중국 사이에 놓여 있는 한국이란 나라를 자기들의 보호지역으로 강제 굴복시켰고, 이어 1910년에는 아예 자기들의 식민지로 만들어 지배하였다. 그런 상황 아래 한국의 애국가는 일본의 국기 밑에서 그만 사라져 버리고 말았다.

중국의 한 부분도 일본 것으로 되었고,
러시아의 한 편도 일본 것으로 되었다.
그리고 한국이란 나라는 몽땅 일본이 삼켜 버렸다.

한국의 땅은 북쪽의 대륙과 연결되어 있어 일본의 침략 작전에 아주 중요한 다리 역할을 하였기 때문에 일본은 한국을 보호한다는 핑계를 대어 싸움도 필요 없이 슬그머니 자기들 주머니에 넣었다. 그때 한국 왕족의 자취는 조용히 사라졌고, 마지막 왕의 아들까지도 그에게 흐르던 왕족의 피를 일본의 피로 변형하려는 음모를 세워 어린 나이에 일본으로 강제로 데려가기도 했다.

그때는 인터넷이 없었던 시절이었다. 세계는 매우 넓어 서로 정보가 빠르고 정확하게 전달되지 않던 시대였다. 그러므로 우리 민족의 외침도 세계무대에서 바르게 전달되지 못하였다. 그들은 우리 나라를 힘없고 하찮은 나라로 접어 두었다. 모든 강대국들이 자신들의 권력을 과시할 뿐이었다. 지금까지도 세계 어딘가에서 8개 선진국, 또는 20개 선진국들이 뽑혀 회의를 한다. 물론 세계를 보호하고 의논하려 한다고 설명을 하지만 자신들의 위치는 언제나 확고한 상태 안에서 후퇴하지 않으려 한다. 지구라는 우리들의 땅을 두고 경계선을 저마다 표시한다.

한국이란 나라를 쉽게 식민지로 만드는 과정 속에서 일본의 이토 히로부미Ito Hirobumi 수상은 네 번 수상 자리를 지키는 한편 유럽의 선진국으로부터 어떤 행동을 취하여 자신의 땅을 넓혀야 하는지를 일찍 배울 수가 있었다. 그는 일본을 대표하는 외교관으로서 한국 지사의 총독관으로 들어와 하나씩 하나씩 한국을 일제 식으로 변형시키는 데 성공하였다. 그는 진정 한국을 나쁜(?) 중국으로부터 보호하려 했을까?

이토 히로부미는 1909년 현 중국 땅인 만주에서 한국인 안중근 의사에게 살해당했다. 안중근은 한국을 구출하려 했던 한국의 열사였지만, 일본의 높은 정치가를 죽인 살인범으로 선고받아 그들의 사형장에서 처형당했다. 그 후 한국 민족은 식민지 기간1910~1945 이란 긴 세월동안 한이 맺히는 삶을 이어 나가야 했다. 깊은 상처를 안고 대한제국이란 나라는 사라지게 되었다.

한국 민족은 자신의 땅을 다시 찾으려 무척 힘을 기울였다. 어떤 이들은 길가에서 자신의 몸을 태우며 항거했고, 어떤 이들은 그런 항거에 참석했다고 하여 일본인들이 태워 죽였다. 일본의 식민지 아래 에커트가 작곡한 한국의 애국가는 일본의 '기미가요'로 바뀌었고 또한 금지되어 한국 민족의 기억 속에서 사라지게 되었으나 해방 이후 안익태라는 작곡가가 작곡을 하고 다시 안치호라는 시인이 가사를 붙여 오늘까지 부르는 한국 애국가가 새로 탄생되었다.

동해물과 백두산이 마르고 닳도록
하느님이 보우하사 우리나라 만세
무궁화 삼천리 화려 강산

대한 사람 대한으로 길이 보전하세

일본이 제2차 세계 대전에 패전하여 한국은 나라를 다시 찾았고, 다시 한국의 태극기 밑에서 애국가를 부를 수 있게 되었다.

한국은 그들의 민족 열사 안중근 의사를 동상으로 세워 놓고 그의 공로를 기리고 있다.
일본도 그의 히로부미 동상 앞에서 절을 하고 있다.

왜 내가 독일에 왔는가 하는 대답을 찾는다.
젊음에 따른 무모한 행동이었을까?
왜 그 길밖에 없다고 생각했을까?
'ㅂ.ㅂ.ㅂ'를 배우기 위한 소망이 얼마나 컸으면 그러한 낯선 땅에서 오는 어려움을 마다하지 않았던가!?

그때마다 얼마만큼 정확한 대답을 했는지, 나는 이제 와서 모두 헤아릴 수 없다. 아마도 이리저리 묻는 이들의 관심사가 나와 얼마큼 차이를 두고 있는가를 구별하여 그에 따른 적당한 대답을 했으리라 생각한다. 어떤 이들은 "그 용기가 참 대단했다."고 했고, 어떤 이들은 "젊음의 혈기에 휩쓸려 무모한 짓"을 한 것이 아닌가 하고 조심스럽게 묻기도 했다.

그때 나는 열아홉 살이었다 그리고 삶을 앞에 둔 나에게 무모한 행동이 어떤 것인지 이해하기 힘든 나이였다. 나는 내 삶의 길에 호기심만을 갖고 방해되는 어려움들을 헤쳐 이겨내는 것에만 정력을 쏟았다. 그리고 남들이 나를 어떻게 판단하든 나의 길을 걸어갔다.

이렇게 나는 아직도 살아 있다. 그래서 이제는 내가 어떻게 살아왔는지 글로도 표현할 수도 있게 되었다. 내가 앞으로 어떻게 살아가게 될지 나는 예측할 수 없다. 그러나 그것이 참 다행스럽다고 생각한다.

30년이 넘도록 나는 독일의 학생들과 성인들에게 피아노를 가르쳤다. 나는 그들의 조상인 바하, 베토벤 그리고 브람스 등의 많은 작품들을 가르쳤고, 그들이 그의 생애를 어디서 어떻게 보냈는지는 물론 그들의 작품이 미치는 삶의 영향을 함께 논하였다. 나는 바하, 베토벤 그리고 브람스의 고국을 내 고향으로 생각하며 그들의 음악과 더불어 살고 있다.

유럽에서 사용하는 장·단조의 원리는 기원 전 3000년 전에 이미 동양에서 일깨운 '음과 양에 시초를 두고 우주를 보는 철학'에서 전도되었다는 것도 아주 뒤늦게서야 알았다. 십이음조 법의 발생지도 마찬가지다. '뤼'라는 반음계 계열법이 중국에서 이미 아주 오래 전에 사용되고 있었다는 것도, 또한 대나무로 만든 피리에 2:3^{장오} ^{도 음정}의 관계를 토대로 하여 울리게 했었다는 것도, 약 BC 100년 전에 이미 '음악예'라는 단어로 전체적인 음향의 종류를 표현했다는 것도 놀라운 사실이다. 유럽에서 말하는 펜타토닉Pentatonik의 경우에도 그 다섯 음 즉, 피아노의 까만 건반만 계속 쳐도 듣기에 거북하지 않는 이유가 거기에 예민한 반음이 존재하지 않기 때문에 긴장감이 주어지지 않는다는 것이다.

편안한 음향.
조화로운 세상.

내가 살아오면서 혹 언젠가 잘못된 결정을 했었다 해도 이제 하나의 인간적인 실수로 받아들이게 되었다. 음악을 전공으로 배운 나는 이제 거북한 음향불협화음도 하나의 자연 음악에 속하는 것으로 듣게 되었다. 그리고 왜 나는 독일에서 살게 되었나 하는 질문을 자신에게 던지지 않게 되었다.

인간의 만남을 중요시하기에 독일이란 나라에서 살게 된 나의 운

명을 순순히 받아들였다. 한때 낯설었던 세계가 나의 두 번째 고향
이 되었다. 나는 그때나 지금이나 그저 나의 삶을 살아가고 있을 뿐
이다.

18.

나의 아버지

유교를 도와시한

…

 어머니가 돌아가셨을 때 나는 이미 57세였고, 아버지가 우리 곁을 떠나실 때는 33세였다.

아버지께서 숨을 거두시기 직전에 나는 두 어린 아이들을 데리고 고국을 향해 비행기에 올랐다. 그 당시 나는 14년째 독일에서 독일인 남편과 다섯 살, 두 살 된 우리 아이들과 살고 있었다. 나는 피아노를 전공으로 음악선생이란 공무원 직책을 맡고 시립전문음악학교에서 독일 학생들을 지도하고 있었다.

연주자로서는? 간혹 여기저기서 연주를 하며 항상 수면이 부족한 피곤한 몸으로 연주에 임했다. 대리 선생에게 학생들을 부탁하고 부지런히 나는 짐을 챙기었다. 남편은 빠른 시일 내에 휴가를 받을 수 없어 우리보다 몇 주 후에 오기로 했다.

나는 생의 한가운데, 그리고 나의 아버지는 삶의 마지막 길에 서 계셨다. 그해는 1988년이었다. 그해는 나에게 잊지 못할 가슴 아픈 일이 생겼지만, 국가 성장을 전 세계에 알릴 수 있었던 세계올림픽이 처음으로 한국에서 열리던 해였다.

'페레스트로이카'란 소련의 정치가 그때까지 바뀌지 않았었기 때문에 우리는 비행기가 미국 알라스카로 돌아서 가는 것을 타야 했다. 한국까지 편도 장장 24시간이라는 오랜 비행시간을 이겨내야만 했다. 우리를 맞이하려고 아버지께서는 오랜만에 스스로 새 옷을 갈아입으시고 깨끗이 면도까지 하셨다고 후에 어머니께서 알려주셨다. 어린 두 아이들과 장시간의 비행에 나는 너무 지쳐 고국에 도착하자마자 모든 것을 토해 내고 앓아누웠다. 우리는 당장 그날로 아버지를 뵙지 못했고 그 이튿날 겨우 정신을 차려 병원에 누워 계시던 아버지를 방문할 수 있었다.

나의 어린 아이들도 내 무릎에 앉아 지구의 반대편까지 가야 했던 머나먼 여행이었다. 고국을 향한 기내 안의 사람들이 모두 낯이

설은 탓인지 내 아이들은 한 발자국도 내 곁을 떠나지 않았다. 그래서 우리는 좁은 비행기 안의 화장실을 사용하기 위해서도 항상 함께 가야 했다. 한 아이는 조그만 세면대 위에 올려놓고, 작은 아이는 내 무릎에 앉혀 놓고 소변을 보아야 했다. 비행기 안에서 나온 오막조막 포장된 음식들은 아이들이 먹기 싫다고 쳐다보지도 않았다. 그리고 마시던 음료수도 비행기가 흔들려 거의 모두 엎질러 버렸다.

기내가 너무도 좁아서 내 발로 바닥에 이웃사람과 경계선을 만든 후 큰아이가 중간에서 잠을 자도록 요를 깔아 주었고 작은 아이는 내가 안고 잠을 재웠다 그리고 양손으로 아이를 안고 있어야 했기 때문에 내가 먹어야 했던 음식들도 거의 눈요기로만 채웠다. 아이들이 한 30분이라도 잠을 자 주었으면 하는 바램이었다.

칭얼대는 아이들을 안고 그 애들이 처음 만나게 될 고국의 식구들에 대하여 이야기 해 주었다. 호랑이가 한복을 입은 동화책을 꺼내어 설명해 주었다. 그리고 죽음이라는 것도 하나의 삶에 속하는 것이라고 했다. 고국에 사시는 외할아버지를 꼭 한 번만 뵙고 다시는 만날 수 없을 것 같다는 이유를 어린 아이들한테 설명해야 한다는 것은 무척 어려운 일이라 생각했다.

도착한 후 내가 의식하는 상태에서 마지막 이별을 맞이해야 한다는 것은 정신적으로 가장 어렵게 넘겨야 할 고비임을 여실히 경험했다. "너희들이 빨리 집에 돌아가야, 내가 마음 편히 누울 수 있겠어. 네 어린 아이들과 죽어서 이별하고 싶지는 않아." 하시며 아버지는 눈물을 감추셨다.

우리 식구는 비행기 예약을 한 대로 다시 독일로 떠나야 했다. 그리고 8주 후에 아버지는 숨을 거두셨다. 돌아가시던 날은 내가 연주 때문에 무대 위에 서 있어야 했었는데, 뒤늦게 받은 한국에서 온 전화를 통하여 오빠는 나에게 "방금 아버지께서 우리 곁을 떠나셨다"고 했다.

나는 피아노를 계속 쳤다. 그 음향은 무척 내 마음을 위로해 주었다. 언니들과 오빠에겐 우리 아버지는 전쟁과 피난 속에서 심한 폐병을 앓으셨던 환자로 기억에 많이 남아 있지만, 막내로 태어난 내게는 다시 건강을 찾으신 아주 온화한 아버지로 기억에 남아있다.

언젠가 나는 내가 겪은 경험들을 내 아이들에게 전해 주리라 생각했다. 살아가는 순간들이 우리 모두에게 처음 가는 길이니만큼 나의 경험도 항상 새롭고 그에 따른 행위도 또한 어설픈 점이 뒤따르게 마련이다. 나의 미숙함을 받아들이면 자신의 부끄러움도 이겨 낼 수 있다.

내가 여섯 남매 중 마지막으로 태어났을 때 아버지는 36세셨고, 1918년에 가장 좋은 쌀이 생산되는 경기도 김포에서 태어나셨다. 그때 한국은 이미 8년 전부터 일본의 식민지였던 상태였다.

일찍이 유럽의 여러 나라들은 다른 나라를 침범하여 자신의 식민지 정책을 넓혀 가고 있었다. 아시아에선 세계 제1차 대전이 일어나기도 전에, 이미 일본이 이웃 나라들을 하나씩 하나씩 착취하여 자기 것으로 만들고 있었다. 한국은 그 당시 정치인들의 연약함에 싸우지도 못하고 일본국에게 나라를 빼앗기고 말았다. 먼 곳의 소식들은 그 당시 유럽에 빨리 알려지지도 않았고, 알려졌다고 하더라도 얼마큼 정확한 정보가 보도되었는가 하는 것을 쉽게 알 수 없던 시대였다.

또한 유럽인들은 자신들의 식민지를 넓히는 데 신경을 쓰느라 일본의 식민지 정책도 나름대로 타당하다고 생각하던 시대였기도 했다. 그보다 몇 백 년 전에는 유럽인들이 아메리카 땅을 점령하고서 미국이란 나라로 만들어 버렸지 않은가.

세계 제1차 대전은 전 세계를 고난 속으로 몰아넣었고 이어 세계 제2차 전쟁에서 독일의 히틀러, 이태리의 무솔리니가 유럽에서 전쟁을 이끌어 나갔듯이 동양에서는 일본이란 나라가 총을 들고 설치고 있었다.

독일은 전쟁을 시작하여 패망하고 나라는 분단 당했다. 일본이 전쟁에 패망했는데도 분단 당한 나라는 한국뿐이다. 우리 한국인들은 35년의 식민지 정책을 뒤로하고 다시 안겨진 자신의 나라를 스스로 잘 다룰 수도 없는 상황에서 강력한 정부가 성립되지 못했던 처지에 있었다. 그런 혼돈 속에서 한국전쟁이 시작되었고, 강대국을 대변하는 전쟁에 휘말려 들어가고 말았다.

한국전쟁 이후엔 소련과 미국이 38도선을 두고 우리나라를 두 동강으로 잘라 그들의 지배 아래 나라를 따로 세우기 시작했다. 외부에서는 한국전쟁을 자신들의 형제들 간 싸움이라 하였지만, 한국전쟁은 강대국의 대변적 전쟁이었음이 드러났고, 아직도 풀리지 않은 아픔으로 남아 있다.

어찌하여 하나의 민족을 잘라 버릴 수 있단 말인가!?
나는 아버지께 여쭈어볼 기회를 놓치고 말았다.
올림픽 개막식을 바로 앞두고 아버지는 돌아가셨다.

1961년부터 1979년까지 군인 출신 독재 정치가였던 박정희 대통령. 그리고 그의 딸이 다시 몇 년 전부터 한국 대통령 자리에 임하였다. 그녀의 아버지는 내가 태어나서 독일로 오기 전까지 기억할 수 있는 오직 하나뿐인 대통령이었다. 그 대통령은 자신만큼 국무를 처리할 수 있는 사람이 없다고 생각하고 헌법을 바꾸어 가며 계속 대통령 자리를 차지하고 있었다. 그의 독재를 끝내기 위해 총을 들고 쏜 암살 행위조차 그의 부인의 가슴에 도달하였다. 끝내 그 대통령도 몇 년 후에 암살로 끝을 맺었다. 그리고 이제 다시 그의 딸이 그 자리에 취임했다.

그의 딸은 아버지가 잘못한 것들을 다시 고쳐 잘 이끌어 나가겠다고 했다. 그리고 한국 여성들은 여자가 대통령이 되었으니 여자들을 보호하는 정치가 실행되리라 믿고 있다. 독일도 여자가 수상으로서 일하고 있으니, 남한에서도 여자 수상이 잘 할 것이라고 대다수가 믿고 있었다.

다시, 내 아버지에 관한 삶을 기억하는 작은 세계로 돌아가자.

아버지는 사진업을 하여 돈을 많이 벌어 부자가 되셨다. 전쟁 후 나라가 서면서 국민 모두가 증명사진을 필요로 했다. 거의 안정을 되찾은 국민들은 가족행사를 찍어내는 흑백사진을 통하여 기록으로 남겨 두려 했다. 어느 누구고 사진첩을 만들기를 원했다. 삶이라는 것이 다시 아름답게 생각되었고, 그 생동 있는 삶의 미소를 한국인들은 사진에 담아 서로 나누어 보았다.

그렇게 부모님은 버신 돈으로 커다란 정미소도 운영하셨고 자녀들의 학비도 얼마든지 낼 수 있었다. 부모님은 그 당시 아주 큰 집을 지으셨고 그에 딸린 정원에 꽃도 가꾸셨다. 나는 그곳에서 흙을 만지며 자랄 수 있었다. 어느 날 아버지는 자신이 연주할 수 없었는데도 피아노란 악기를 구입하셨다. 자녀들이 칠 수 있기를 바라시면서…. 그것뿐만 아니라 어떤 아이건 칠 수 있겠지 하며 바이올린도 사 오셨다. 나의 언니들은 바이올린과 피아노를 배웠다.

나는 날마다 그들이 연습하는 음악을 같이 들으며 자랐다. 모차르트, 베토벤, 그리고 '소녀의 기도'는 항상 집 안에 울렸다. 언니가 'G선상의 아리아'를 바이올린으로 키면 이내 아버지 눈에는 눈물이 고였다. 아버지는 자식들 앞에서 자신의 감정을 숨기려 하지 않으셨고 자신의 감정을 자식들에게 기꺼이 보여주는 용기도 가지고 계셨다.

아버지는 몇몇 동네의 인사들과 손을 합쳐 학교를 설립하셔서 가난하여 학비를 못 내던 농부들의 자녀도 가르치시겠다는 생각으로 심혈을 기울이셨다. 그들은 학비 대신에 직접 생산한 계란이나 옥수수 등으로 학비를 대신할 때도 있었다고 하셨다. 일본의 식민정치 아래 한국인의 교육이 제지되었던 시절을 몸소 겪으셨기 때문인지라 교육열이 대단했다. 아버지는 매일 아침 신문을 읽으시고 우리 자녀들 앞에서 세계정세를 설명해 주시곤 했다. 내가 여섯째 딸로 태어났음에도 아들이 아니라고 실망하지 않으시고 나를 위해 7개의 색이 다른 모자를 사 오셨다 했다. 일주일간 다른 색의 모자를 쓸 수 있도록.

아버지는 자녀들을 사랑하셨다. 그때는 유교적 규범에 따라 남자인 아버지가 아내, 자녀들과 한 상에서 음식과 술을 나눈다는 것이 그리 흔하지 않던 시절임에도 아버지는 우리와 항상 밥상을 같이했고 대화를 나누었다

전쟁은 보이지 않는 냉전이 있는가 하면, 실제로 불이 타는 뜨거운 전쟁이 있다.

조용한 투쟁.

비참한 싸움.

중국에서는 마오를 앞장세워 문화혁명이 일어났다. 남한에서는 박 정권의 군사독재 정치가 나라를 휩쓸었다. 모든 국민들이 군사정치의 지배를 받으며 갑자기 만들어 시행하는 유신헌법을 막을 수 없었다. 하루 사이에 위에서 내리는 명령에 국민들은 무조건 복종

해야만 했다.

허술한 움막으로 세운 아버지 학교는 주변의 지인들과 노력한 끝에 차차 바람과 추위를 막을 수 있는 튼튼한 건물로 대체되었다. 아버지가 재단 이사장으로 계실 때 설립된 중학교는 물론 고등학교까지 문교부로부터 인가를 받을 수 있게 되었다. 그러므로 그 학교 졸업생들은 직접 대학교로 진학할 수 있는 자격이 주어졌다.

나는 종종 아버지를 잘 따라다녔는데, 길거리를 가다가 학생들을 만나면 곳곳에서 아버지 앞에 꼿꼿하게 서서 "차렷! 경롓!" 하고 오른손을 눈썹 위에 올려붙여 인사를 했다. 그 학생들은 항상 학생복을 입고 다녔다. 남학생들은 까만 교복에 까만 둥근 모자를 쓰고 있었고 여학생들은 여름에 파란 넓은 치마에 하얀 블라우스를 입었으며 겨울에는 까만 윗도리에 하얀 칼라가 달린 교복을 항상 입고 다녔다. 많은 여학생들은 종종 나에게 꽃씨도 선물로 주었다. 우리 식구는 재단 이사장의 가족으로서 학교 뒤에 세운 집에서 살고 있었는데, 학교 구석구석 돌아다니던 나이 어린 이사장의 막내딸이 귀여워서 선물한다 했다.

아침마다 학생들을 운동장에 모아 놓고 조회시간이라 하여 아버지가 강단에 올라가 아침조회 말씀을 하실 때 나는 어느 한 구석에서 꾸부리고 앉아 그 말씀을 들으며 그런 아버지를 무척 자랑스럽게 생각했다.

　그러나 시간이 흐르면서 아버지의 얼굴에 점점 어두운 빛이 나타나기 시작했다. 아버지의 마음 한구석에 고뇌가 스치고 있다는 것을 어렸던 나조차도 느낄 수 있을 만큼 심각한 표정을 하고 계셨다. 부모님 말씀에 의하면 독재정치로 인하여 사립학교의 재단이 갑자기 하루아침에 공립으로 법이 바뀌었다는 것이다. 여러 가지 복잡한 문제들로 부모님은 학교에 들어간 경제적 투자에 따른 보상도 제대로 받질 못하고 하루아침에 학교를 빼앗기다시피 하고 나오셨다고 하셨다. 그리고 그때까지 힘들게 세운 학교며, 자식들의 교육에 대한 희망들 모두가 말살되었다고 하셨다.
　그때부터 우리의 경제적으로 어려운 생활은 시작되었고, 나는 배가 고프다는 것이 어떤 것이며 실패한다는 것이 어떠한 슬픔인지를 너무나 일찍 알게 되었다. 감사의 꽃다발을 가슴에 안은 부모님은 간단한 인사의 말만을 남겨놓고 학교와 사택을 떠났다. 부모님은 고향에서 살기가 너무나 거북스럽다며 아주 남쪽 지방으로 이사까지 하셨다.

　그렇기에 1974년 간호원 국가고시에 합격하고 "독일로 가서 돈을 벌어 나의 길도 개척하고 부모님의 경제도 돕겠다."고 아버님께 말씀드렸을 때, 아버지는 눈물을 흘리며 고마워하셨다. 그때 당시 자식들이 일하여 부모를 돕는다는 것을 당연하고 타당한 것으로 여기며 기대를 하던 많은 부모들과는 달리 무능력한 부모가 된 자신들의 현실에 미안함을 표현하셨다.

타국에서 무척 외로움을 느꼈던 첫해를 무난히 넘길 수 있었던 것도 아버지로부터 받은 거의 70여 편의 편지 덕택이었다. 아버지는 내가 대답의 편지를 쓰기도 전에 또다시 나를 향하여 편지를 쓰셨다. 고국에서 오는 편지를 받으며, 나는 언제고 다시 돌아갈 수 있는 사랑하는 가족이 존재함을 느끼며 위로를 받을 수 있었다.

막내야! 나는 아버지다.

네가 떠나간 지 거의 백 일이 되었다. 너는 멀리서 향수에 젖을 새도 없이 분주히 보내는데 기다리는 님들은 벌써부터 손을 꼽는다. 다섯 손가락 어느 것을 물어도 똑같이 아프다더니 딸이 다섯인데 바보마냥 무엇이 보고플까? 막내가 되서일까? 그러다보니 고물대던 딸들이 한 놈도 없으니 무리도 아닐꺼다. 너의 오빠 한 놈만 저녁에 들어와 떠들어대니 그런 대로 외로움은 면하고 산다.

어언 3개월이 지났고 27개월 남았다. 5년은 무리고 계약된 대로 3

년만 있다가 오도록 하여라. 그곳에서 음악공부 한다고 너무 고생하며 세월 보내지 말고 되도록이면 빨리 오는 것으로 계획을 세우렴! 우리가 헤어져 있는 것은 얼굴이요 마음이 아니라 하신 성경 말씀과 같이 비록 너와 가족이 헤어져 있는 것은 육신이요 마음은 항상 네가 우리 곁에 있다고 생각한다.

네가 떠난 뒤 너의 남은 짐들을 소중히 엄마가 꾸리다 발견된 귀한 상장들을 살펴보니 너는 가지각색으로 특출하게도 많이 받아 놨구나. 대강 써 본다면 국민학교 교장상이 20장이 넘고, 특히 글짓기 대회에서 항상 많이 타 왔고, 중학교 교장상이 5개, 간호학교 상이 7개, 우체국장 상이 3개, 경찰서장 상이 3개, 임명장이 5개, 졸업장이 3개, 합격증이 4개, 면허증이 1개였다. 네가 다시 돌아올 때까지 잘 보관하여 두겠다. 여기 꾸려나가는 사업도 그럭저럭 잘 되고 있으니 돈을 너무 무리해서 많이 보내지 말고 네가 알아서 해라.

이곳 소식을 전한다면, 육영수 여사가 지난번 박 대통령 대신 총탄을 맞아 세상을 떠나셨다. 언제면 이 땅에도 고루 숨을 쉴 수 있는 날이 오려는지 가슴이 아플 때가 한두 번이 아니다. 어린 너에게 이런 얘기해서 미안하다.

첫째도 건강,

둘째도 건강,

셋째도 건강이니 부지런히 찾아 먹고 건강하여야 너의 정신도 건강할 수 있다. 네가 원했던 책을 배편으로 보냈다. 거의 3개월이 걸린다더라. 그 속에는 쇼팽 소나타와, 바하 평균율 1, 2권 그리고 전베토벤 소나타 두 권을 보냈다. 그리고 또 필요한 것이 있으면 연락을 바란다. 시간이 많이 없어도 너의 엄마한테는 무엇보다도 기쁨을 가져다주는 것이니 몇 줄이라도 적어 자주 소식을 주길 바란다.

그럼 또 연락하기로 하고, 안녕

1974.11.16.

원하던 음악대학에 합격하고 첫 번째 여름방학을 맞이하여 간호원에서 음대 학생으로 변모한 모습으로 나는 고국으로 향하는 비행기에 몸을 실었다. 근무에 지치고, 음대 입학시험 준비에 나의 몸은 10킬로가 줄었는데도, 내 자신이 그것을 느끼질 못했다.

가족의 따스함을 만끽한 후에, 나는 몇 주 전에 사귄 독일 남자친구의 사진을 보여주었다. 아버지는 그에 대해 침묵으로 대답하셨다.

나는 이제 거의 60년을 살아왔다.

나는 한 번도 전쟁이라는 것을 겪지 않았다.

그러나 아버지는 젊은 36세 때 이미 전쟁으로 인한 끔찍한 아픔을 몸과 마음으로 이겨내야 했다. 그럼에도 아버지는 다시 펼쳐지는 삶에 항상 새로운 희망을 잃어버리시지 않았다.

아, 왜 내가 이 모든 것을 써 내려가고 있는 것일까? 아버지의 삶을 이해하므로, 나의 삶도 이어나갈 수 있기 때문이리라. 후에 아버지가 무슨 잘못을 행하셨다 하더라도 나의 마음속 깊이 살아계신 아버지는 자상하시고 우리에게 사랑을 표현하시기를 주저하지 않으셨기에 용서의 마음도 나는 허락할 수 있게 되었다.

19.

자루에 넣어

실려 간 여자

...

　나는 문화교류를 진행하기 위하여 한국에 관한 오래된 사진들을 많이 모았다. 어느 여인이 한복차림으로 젖통을 내놓고 갓난아이를 등에 업은 채 아주 자랑스러운 모습으로 걸어 다니는 사진을 보았다. 그런 모습은 요즘 전혀 찾아볼 수 없는 광경이었다. 왜 옛날 여자들이 부끄러움도 타지 않았었냐고 어머니한테 물었다.

　"그 옛날 동양에서는 여자로 태어나면 자신의 감정을 표현하며 사는 시대가 아니었단다. 여자는 오직 남자들을 돌봐주고 아이들을 낳아서 키우기 위해 태어났다고 생각했지."라고 어머니는 대답하셨다. 그 후에 어머니는 '자루에 넣어 실려 간 여자들'에 관하여 이야기를 들려주셨다. 그 이야기는 어머니가 처녀로 자라나며 접한 이웃집

동네 아줌마에 대한 실화였다.

"우리 동네 아줌마는 남편이 죽었는데도, 이미 결혼한 여자라서 친정집으로 다시 돌아갈 수 없었단다. 결혼한 여자들은 그 남편과 시댁에 소유되었기 때문이었단다. 더군다나 그에 대한 법적인 면도 무척 엄격했던 시절이었지. 어쩌다 부모님이 그리워 다시 집으로 돌아갔다 하더라도 그 친정집에 돌아온 딸은 재앙을 가져다준다고 하여 문 안으로 들어오지도 못하게 했단다.

그리고 우리 동네 아줌마처럼 너무 일찍 남편이 죽으면 새로 온 아내가 재앙을 집으로 가져왔다 하여 미움을 받았지. 그런 여자들은 법적으로 다시 결혼도 할 수 없었고, 자식들에 대한 권리도 시댁 가족한테 빼앗긴 것은 물론이고 아이들의 운명을 좌우하는 책임, 또는 법적인 부양권도 주어지질 않았단다.

특히 남편을 잃은 동네 아줌마의 경우, 그 남편의 가족이 없었기 때문에 더욱 난처한 상황에 처해 있었고 젊은 미망인으로 혼자 살아야 했는데, 그럴 때 전례상 이웃 아저씨들이 그런 과부를 자루에 넣어서, 해가 지고 어두워지면 자신들이 생각해서 꼭 여자가 필요하다고 생각한 집에다 내려놓는단다."

"그런데 하필이면, 왜 어두울 때 자루에 넣어 운반했어요?" 하고 묻는 나에게 어머니는 "그런 여자들은 어두울 때 자루에 넣어서 옮겨 놓아야 어디로 어떻게 왔는지 알 수 없으므로 자기 집으로 다시 돌아가지 못하기 때문이지" 하고 대답하셨다. 나는 한동안 할 말이 없었다.

그 당시 여자들은 침묵을 지켜야 한다고 하셨다. 무언가 물어보기 위해서는 자기 의도를 형성해야 하는데, 시집온 여인들은 이미 자아를 잃어버린 상황이기 때문에 "왜?"라고 묻지 않았다고 했다.

옛날에는 아이가 집에 태어나면 대문에 치장을 했다. 여자아이가 태어나면 까만 숯으로 장식했고, 남자아이가 태어나면 숯 사이에 아주 빨갛고 기다란 고추로 중간 중간 무늬를 놓았다. 고추는 남아 성기를 상징했다. 지나가는 사람들은 그것을 보면 그 집에 아기가 태어났다는 것은 물론 아이가 남자아이인지, 여자아이인지 곧 알 수 있었다. 남아일 경우엔 까만색과 빨간색이 어울려 참 예쁘게 보였다. 그리고 그 빨간 고추가 적당하게 구부러진 형태가 아주 인상적이었다.

아들을 낳은 여인들만 한복 윗도리와 치마 사이에 젖가슴을 내놓고 다닐 수 있었다. 젖통이 그대로 나와 달랑거렸다. 아들을 낳았다는 표시로 인하여 여인의 가치가 더 높이 평가되었다.

그때는 아내가 아들을 못 낳으면, 남편은 얼마든지 여러 첩들을 둘 수 있었다. 적어도 남편의 성을 물려 줄 아들 하나는 꼭 있어야 한다고 생각했기 때문이었다. 나는 그제야 아들을 업고 젖통을 내보인 여인네의 얼굴에서 자신감이 넘치는 승리의 미소를 발견할 수 있었다.

한국인의 생각은 중국인들과 비슷한 점이 많다. 가까이 붙어 사는 지리학적 동일성이라 말할 수 있다. 유럽 사람들의 사상이 있고 동양 사람들의 사상이 있다. 가까운 사람들의 풍습도 환경의 지배를 받듯이, 생각의 관념도 또한 주변에 있는 이웃끼리 주고받는 영향이 크다.

옛 중국글자에서 '여자'라는 의미를 표현할 때, 남자 앞에 무릎 꿇고 앉아 있는 여종을 그려서 여자女라 했다. 이런 그림문자는 거의 몇 천 년이라는 역사를 통하여 시간이 흘러가며 많이 변했으며, 이러한 문자들은 항상 관찰하는 사람에 의해서 형성되었다고 한다. 그때 아마도 남자들만을 통하여 그림문자들이 설정되었기에 남자는 많은 면적을 차지하는 강한 자로 표현되었고, 여자란 그런 강한 남자를 모시는 모양으로 그려졌으리라 생각한다. 또한 여자라는 표현과 아들을 나타내는 글자를 합치면 재산이라는 뜻이 표현된다.

한 남자가 아들과 여자를 간직하게 되면 또한 재벌이라 칭하게 되고, 한 남자가 여러 명의 여자와 여러 아들을 소유하면 큰 재벌이 된다.

여자라는 뜻에 빗자루의 단어가 포함되면 안에 있는 사람이라고 해석되며 안사람이라는 것을 관찰한 중국인에게는 청소하는 사람으로 비유된 것이다. 모친#이라는 뜻도 예전에 창가에 서서 밖을 내다만 보고 있는 갇혀있는 여인으로 상징되었다가, 현재는 조금 변형시켜 젖꼭지 두 개를 창살 위와 밑으로 점을 찍어 표현되어 있다.

몇 천 년 역사를 따라 변해온 그림문자에 담긴 여성에 대한 표현을 이제 겨우 수십 년에 불과한 여성해방운동으로 이겨내기는 쉽지 않다. 더구나 그런 해방운동은 서구에서 온 것이기에 더욱 이해하기 어려운 것으로 짐작한다. 얼마 전까지도 중국 젊은 부부들에겐 무조건 한 명에 해당하는 아이만을 정부에서 허락했고, 이제야 자식을 두 명 가져도 법에 걸리지 않는다고 한다. 정부가 허락해야만 중국에서는 한 생명이 탄생될 수 있는 셈이다.

요즘의 젊은 현대여성들은 빨리 결혼하려 들지도 않고, 임신으로 인하여 몸매가 헝클어지는 것에 대한 두려움도 있지만 자신의 경제적 자립을 위해 더 심혈을 기울인다. 결혼을 한다 해서 현재 자신의 경제적 상황 해결을 안심할 수 없는 시대가 되었다. 젊은 청년들은 여자 친구가 피임약을 빼놓지 않고 복용하는지 신경을 쓰고, 그나마 믿을 수 없을 때는 자신이 콘돔을 사용하여 임신이 안 되도록 스스로 책임을 진다고 한다. 그래서인지 후세를 생각할 관심이 없어 보인다. 그리고 많은 시간을 두고 적당한 때를 기다린다.

누가 아이를 키우냐?
언제 시간이 나냐?
모두 각자 마음에서 생각하고, 침묵으로 대답한다.

어쩌다 임신을 해서 아이가 태어나면, 해산 후에 허락된 모든 혜택을 원한다. 물론 부자인 남자와 결혼한 여자들이나 출생보호법이 잘 진행되는 나라에서만 이루어 질 수 있는 특권이다.

어머니의 처녀 시절 때의 기억은 그리 먼 옛날이야기가 아니다. 세월은 변화를 가져오고, 동시에 생각의 변화도 따르게 된다. 아직도 세계 어느 곳에서나 남녀가 동등하다고 할 수 없지만 그래도 많은 곳에서 여자들도 '동등한 인간'으로 취급받게 되었다. 세계 어느 곳에서나 인권권리라는 것을 중요하게 여기게 되었다. 여자는 '여

자루에 넣어 실려 간 여자

자'라는 것에만 의식하지 않고, 남자는 '남자'라는 것에만 치우치지 않을 때 우리는 동등한 '인간'으로 자유롭게 살아갈 수 있으리라 믿는다.

20.

한국여자인 나의어머니

...

   '갱년기'의 시작은 변화가 시작된 자신의 처지를 인식할 때부터 시작된다고 한다. 어머니가 살아계실 때는 나도 그녀의 딸이었다. 내 자신이 이미 엄마가 되었을 때도 그랬다. 하지만 어머니께서 돌아가신 후에 나는 엄마로만 남았다. 내 첫 아이가 태어난 후 나는 내 어머니의 눈으로 그 아이를 보기 시작했다. 순산의 아픔도, 새로운 삶의 탄생에 내 피와 살을 나누었던 강열한 희열도 같은 여자의 경험 속에서 친밀감을 느꼈다. 아이를 키우며 먹이고, 씻기고, 쓰다듬고, 위로하고, 동무로 놀아주고, 도와주고, 그리고 화도 냈다.

   적어도 일주일에 한 번쯤 손톱과 발톱을 잘라준 것으로 쳐도 일년에 1,040번이다. 대략 열 살이 되어 겨우 자신이 처리할 수 있을 때까지 도와준 것이 10,400번. 세 아이를 낳았으니, 합하면

31,200번이다. 내가 기억하기로는 일주일에 한 번이 아니라 두 번 정도 깎았다. 하루에 기저귀를 몇 번이나 갈아 주었는가는 헤아릴 수 없이 많았다. 나의 어머니는 6남매인 자녀를 키웠다. 피임약이란 것이 훨씬 뒤에 생겼기 때문에 가족계획을 세울 수 없던 시절이었다.

모든 것은 많은 시간을 필요로 한다.

어느 날 나는 어머니가 계시던 요양원에 들어갔다. 발버둥치는 어린 아이들을 위한 보호소가 아니라 '나이 든 사람들의 보호소'였다. 벽에는 손수 그린 그림들이 붙어 있었고, 손으로 만든 공작품들이 선반에 나란히 진열되어 있었다. 그 벽에 붙은 그림도, 공작품도 내 아이들이 유치원에 다닐 때 만들었던 작품들과 별로 큰 차이가 나질 않는 듯했다. 그러나 그 보호소의 작품들은 아주 나이 드신 노인들이 직접 손으로 만든 작품들이었다. 어려서 보호가 필요했었고, 이제는 늙어서도 보호가 또다시 필요하게 되었다.

어머니는 미술시간에 완성하신 그림들을 자랑스럽게 보여 주셨다. 어머니의 손은 작년보다 한층 더 가늘고 작아 보였다. 내가 지난번 방문한 것이 일 년이 다 되었는데도, 어머니는 그 시간과 공간의 차이를 분별하지 못하셨다. 그러므로 혹시나 이번에는 나를 못 알아보실까 하는 두려운 마음으로 나는 비행기에서 내렸다. 그런데 나를 알아보시고 반갑게 포근히 안아주시는 어머니의 품이 너무도 따뜻했고 한동안 나는 무한한 감사함과 행복감에 빠져들었다.

어머니의 회색 머리카락은 변함없이 숱도 많으셨고 남달리 힘 있게 움직였다. 옷을 갈아 입혀드리다가 내 눈에 어머니의 줄어든 젖가슴도 보았다. 세상에 태어나 제일 처음 내 목마름을 채워준 귀한 것이었고 여전히 놀라운 생명의 원천이었다. 어머니는 언제 어디서고 인간이기에 미약했던 나에게 힘을 주셨고 그 따스함으로 나를 감싸며 보호해 주셨다.

이런 어머니의 세대가 이제 점점 사라져 가고 있다. 그와 공감했던 기억들마저 나이 들며 다가오는 기억상실 현상으로 이제 차츰 색이 희미하게 변색되고 있었다. 잊을 수 있다는 것은 참 다행한 일이다. 어머니는 가슴에 안고 다니셨던 아픔도 잊으셨고 자신의 죽음이 얼마 남지 않았다는 것도 잊으셨다.

세계 1차 대전 이후 일본의 식민지정치 아래 태어났다는 것은 부모님들이 자식들한테 자랑스러움을 보여주며 키워 나갈 수 있는 힘을 찾기에는 모든 것이 무척 어려웠다는 의미와도 같았다. 복종,

배고픔, 강제노동, 강제매춘 그리고 빼앗긴 자유 등…그런 것들이 부모님의 뇌에 새겨져 시달리시며 한을 품게 되었다.

동양의 여자.

우리 어머니께서는 항상 모국어로 일기를 쓰셨고 마음이 열리는 시도 많이 쓰셨다. 일본 통치사회에서 살아남으려면 그들의 언어를 우선 배워야 살아남을 수 있다고 하시며 일본말에도 능통하셨다. 모국어인 한국어는 남동생을 학교에 데려다주면서 남자아이들만 배울 수 있었던 교실 맨 마지막 자리에 앉아 배웠다고 하셨다. 그때 용기 있던 국어 선생님이 숨어 숨어 가르쳐 주셨다 했다. 그 당시 한국말 쓰는 것이 금지되었기 때문에 자신의 목숨을 걸고 아이들에게 모국어를 가르치신 용감한 선생님이셨다.

87세 되신 어머니는 항상 안경을 비스듬히 겨우 코 위에 올려놓으시고 벌써 오래 전에 구입한 안경인데도 책을 읽는 데 아무런 지장이 없다고 즐겨 애용하셨다. 어머니는 역사에 무척 관심이 많으셨다. 한국의 유명한 소설가가 쓴 역사책이라며 몇 군데 밑줄이 그어져 있는 책을 내게 건네 주셨다. 그런 책을 통하여 자신의 어린 시절을 다시 본다 하셨다.

전쟁 통에 길가에 널려 있는 주인 없는 안경을 모아 다시 팔고 있는 엉터리 장사꾼에게 안경을 잘못 사신 이유로 차츰 어머니의 눈동자는 딴 방향으로 돌아가게 되었다. 그러나 어머니는 자신의 깊은 감각만으로도 일생을 보내면서 정확한 자신의 길을 찾으실 수 있었다.

어머니가 열 살 되었을 때, 태어나 처음 타보는 버스로 가족 모두가 서울로 이사를 가셨다. 80년 전 당시 서울은 일본 국기를 단 일본 도시였다. 외국의 정부가 들어와 한국 민족의 피와 살을 몽땅 빨아먹었다. 농부로 조용한 삶을 살아가시던 외할머니와 외할아버지는 배고픔을 이겨내기 위해 큰 도시로 올라가셨다. 풍부한 농작물을 일본인들한테 강제로 바쳐야 했는데, 세월이 가며 해마다 더 많이 요구하는 바람에 이내 농사를 진 농부들은 굶어야 했기 때문이다. 큰 도시에 가면 무언가 일도 할 수 있고 그 대가로 먹을 양식을 구입하여 배를 채울 수 있을 것이라는 희망을 안고 정든 고향을 떠나셨다.

항상 한강에 놓인 다리를 건너갈 때마다 "이 다리를 만드시느라 너의 할아버지는 하루 종일 피와 땀, 그리고 많은 눈물을 흘리셨지" 하고 어머니는 말씀하셨다. 내가 한 번도 만나지 못 했던 외할머니는 어머니가 16살 되셨을 때 돌아가셨다 했다. 그때부터 남동생 세 명을 엄마 대신 돌봐 주어야 했다. 남자아이들한테만 허락된 학교에도 시간 맞추어 데려다 주고 아침식사를 준비해서 동생들이 공부하는 데 배고프지 않도록 도시락도 안겨 주었다.

외할아버지가 다시 새 여자를 부인으로 맞이하여 그녀가 어머니가 하시던 일을 맡아 하시고, 어머니는 19살에 아버지와 결혼을 할 수 있었다 했다. 그리고 그때부터는 남편과 태어난 자식들을 위해 일을 하셨다.

그때는 일찍 결혼하는 것이 상례였다 했다. 그보다 더 전 세대에는 처녀들이 아직 국민학교에 다닐 정도밖에 안 되는 어린 신랑과 결혼하여 그 아이 같은 남편들이 잘 클 수 있도록 보살펴야 하는 보호자 같은 신부로서 결혼하는 것이 상례였다 했다. 그 당시 여자로 태어나면 그저 남자들과 가족만을 위해 살아야 했다. 그것도 평생 동안을…

한 민족이 자기 언어와 동질성을 빼앗기면, 그 영혼은 이미 죽은 것과 다름이 없다. 그런 영혼을 태운다면, 육체에 포함된 살가죽이나 피와 뼈를 태우는 것보다 훨씬 오래가고 더욱 냄새가 고약하리라.

어머니는 오래전부터 느끼는 감정을 기록하면서 자신의 영혼을 보호했다. 언젠가 어머니날이 되었을 때, 나는 어머니가 남겨 놓은 수많은 일기와 종이쪽지에 쓰여 여기 저기 놓여 있는 것들을 모아 정리해서 책으로 만들어 어머니께 선물로 드렸다. 물론 어머니의 허락을 받고 한 일이다.

어머니가 마지막으로 머무셨던 요양병원에 갔을 때 어머니의 시를 읽어 드렸다. 그 구절구절마다 나의 마음 깊숙이 다가왔다. 어느 때인가 어머니는 그런 시를 누가 썼는지 모르신다고 했다. 나는 "엄마가 쓰셨잖아요." 하고, 모른다 하실 때마다 알려 주었다. 사진학 교수로 유명하신 외삼촌이 내가 모아 놓은 '어머니'에 대한 글을 읽으시고 긴 편지를 어머니한테 써서 보내셨다.

여자 팔자는 정말 호박팔자인가?

사랑하는 내 동생아, 가련하기만 한 내 동생아! 우여곡절과 한限 맺힌 운명으로 체념하고 칠십 여생을 살아가고 있는 내 동생아. 너의 그 피맺힌 일생기…나는 울었다. 다시 한 번 읽고 또 울었다.

우리는 선조대대先祖代代로 삼백여 년 동안 살아온 땅, 산천초목이 수려秀麗하고 인심 좋은 충청도고향이 충청도요 하면 "아, 충청도 양반이군요!" 이런 소리를 듣고 살아온 우리 충청도忠淸道 양반, 과연 우리 문중은 양반이었다. 세자 전객령世子 典客令을 지내신 일세조 세자

춘자님, 이세조 재각님은 예의판서와 보문각대제학을 지내셨으며 사세조 정자님은 조선 태종 때 예조판서에 올라 성종 때 청백리에 록선되셨었고, 익 공혜공으로 묘소는 용인 땅 하동촌 묘봉동에 모시고 있다. 매년 음력 시월 초하루 그분의 시향 때에는 전국에서 수백 명에 달하는 후손들이 참배하고 일 년 만에 한 번씩 만나는 종중들은 헤어질 때의 아쉬움을 남기고 또 내년에 만나기를 기약하며 서로가 멀리 사라져 안 보일 때까지 손을 흔든다.

십이 세조 경자업자님은 우리나라 반만년 역사상 대표적 명장으로서 그 분의 업적에 대해서는 일일이 설명하지 않아도 온 세상 사람이 다 아는 고명하신 분. 임경업 장군 영정이 봉안된 충주소재 -충열사에서는 충민공 춘추 제향일을 매년 춘추 음력 삼월과 구월 중 정일로 정하여 11시에 봉향하며, 전국의 유림과 종인들은 물론 정부 차원에서도 충주시장 충북도지사 국회의원이나 정부요직에 계신 분들이 다수 참배하여 엄숙하게 제례를 올리곤 한다. 우리나라 역사에 크게 남으신 명장들은 십이 세조 임경업 장군충렬사에 모신 충민공과 이순신 장군현충사에 모신 충무공 이 두 분이시다.

십사 세조 시자발자통정대부절형장군첨지중추부사님은 충청북도 진천 땅 백곡면 갈월리 서수원 궹말궹말은 구석마을의 약칭로 략향하시어 약 300여 년 동안에 그 후손들이 24세규자행열까지 내려 살고 있다. 너와 나는 아버님 순자성자님 어머님 경주 김씨와의 사이에서 3남 3녀의 육남매 중 나는 아들 삼형제의 장남, 너는 딸 삼형제의 막내딸 그리고 이십이세 식자행렬로 태어났다. 나의 어린 시절 열 살쯤 되던 그 시절1923년경엔 우리 동네 열두 가구 전부가 우리 평택 임씨 문중뿐, 온 동네가 우리 문중뿐이어서 그랬는지 타고난 성품이 선량해서 그랬는지, 아이 어른 할 것 없이 누구 하나 다투고 싸움질하는 것을 못 보고 자랐다.

농사철에는 온 동네사람 모두가 농사처리 하여 가을 추수가 끝나면 가을 고사떡을 하여 나눠먹고, 밤이면 남자어른들은 사랑방에 모여 새끼 꼬며 그날 논과 밭에서 있었던 일에 얘기꽃을 피우고 부인네 어른들은 이웃 간에 서로 모여 등잔불 밑에서 바느질로 손끝을 바삐 놀리며 오손도손 이야기하고, 우리 어린 아이들은 할머니의 구수한 옛날이야기가 하나 끝나면 또 다른 이야기 해 달라고 할머니를 졸라대던 일…할머니는 얼마나 귀찮으셨을까? 아니야, 졸라대는 손자손녀들이 무척이나 귀여우셨을꺼야.

우리 집은 대농은 아니었지만 의식주에는 아무 부족함을 모르고 할아버님 할머님의 하해와 같은 사랑 속에서 산수가 수려하고 요새처럼 인심이 각박하고 인간공해가 없는, 악이란 것을 모르고 오직 선량하기만 하신 어른들 슬하에서 옥수로 씻은 수정처럼 아주 깨끗하게 고이고이 자랐다. 모든 것이 아름답고 평화스럽기만 했다. 평화롭고 낙원 같기만 했던 그 시절에 추수했던 식량을 강제로 왜나라에 바쳐야 했다. 식량 착취가 우리를 배고프게 했다.

그러나 아무도 눈치채지 못한 속에 조용하게 서서히 개화의 바람이 불어오기 시작했다. 농사보다는 산업이, 농촌보다는 도시가 이렇게 해서 장래를 내다보는 사람, 즉 선각자라고 하는 사람들은 하나둘씩 도시로…나도 그 선각자 측에 속했었는지, 열세 살 어린 나이에 따뜻함을 초월하여 후끈후끈하기만 한 애정 어린 부모님의 슬하를 떠나 서울로 떠났다.

그 후에 남은 가족들 모두가 장남이며 너의 오빠인 내 곁으로 이사를 오신 것이다. 그때 나는 서울에서 아주 유명했던 일본 사진회사에 사진사로 채용되어 일을 하고 있던 중, 김포에 살던 젊은 청년이 실습생으로 들어오면서 인연이 맺어졌고 너와의 첫사랑이 결혼까지 연결되는 결정적인 만남이 이루어졌다. 장남으로서 우리 부모님과 함께 너의 혼인을 허락한 거밖에 너의 운명이 어느 형태로 흘러가리라는 것은 아무도 예측할 수 없던지라, 이렇게 글로나마 너에게 그때의 상황을 알려주고 싶었다.

너는 남편을 오랜 세월동안 중환자로 돌보고 그리고 간혹 생긴 오해로 인해 많은 어려움을 이겨내야 했던 애처로움도 겪었지만, 너의 남편 또한 인간이기에 오는 운명을 받아들일 수밖에 없던 상황이었고, 더군다나 일본의 식민정치 밑에 살던 우리 모두가 남자, 남편 그리고 한 인간으로서 제 구실을 다 할 수 없었던 어려운 시절이었다.

내 사랑하는 동생아, 너는 그 어려움 속에서도 육남매 자식을 낳아 훌륭히 키웠고, 손주, 손녀까지도 물심양면을 다하였다. 너의 그 일생 동안의 아름답고 미덕의 여인상은 천사와도 같이 여겨지고 자랑스럽기만 하다. 광화문통 큰 길 한 복판에서…자랑스러운 내 동생 "누구 열녀문烈女門이라도 세워줄 사람 그 어디에 없소…?!" 하고 이 오빠는 목이 터지도록 외치고 싶다.

1995년 3월 17일
83세 된 오빠

일본의 침략정책은 끊임없이 계속 전진해 나갔다. 한국 청년들은 만주의 전선으로 끌려가고, 한국의 젊은 여자들은 일본군인들을 위한 강제 위안부로 잡혀갔다. 어느 날 우리 아버지는 커다란 돌멩이를 어머니한테 건네주며 자신의 다리 위에 던져 뼈를 부러뜨리라고 했다. 한쪽 다리 부상자는 만주 전선에 끌려가지 않는다는 말에 한 행동이었다. 다행히 다리에 상처를 입히기 전에 아버지는 영양부족으로 심한 폐병환자가 되어 눕게 되었다. 그 당시에는 너무나 많은 사람들이 폐병에 걸렸었다고 했다. 자녀 여섯 명과 심한 폐병환자인 남편, 그리고 전쟁에 의한 식량부족을 어머니는 여자로서 혼자 이겨내야 했다.

전쟁 중에는 법도, 인생의 철학도 모두 다른 의미로 확대 해석된다고 했다. 젊은 아내로, 그리고 엄마로서 자기 자신만을 위한 시간이 주어지질 않았다. 그때 어머니는 여자로서 할 수 있는 일, 즉 미용기술, 사진, 간호, 재봉기술들을 배워 돈을 벌었고 그 돈으로 자녀들을 굶기지 않았으며 병원에 있는 남편에게 계란 몇 알을 사서 들고 갈 수 있었다.

삶의 경험을 쌓아오면서, 나는 어머니에 대한 무한한 존경심을 얻게 되었다. 고국을 다녀오며 다시 독일로 돌아올 때면 항상 어머니의 형상을 담아 왔다. 어머니의 진실성 있는 얼굴에는 삶의 자취가 가득 비추어 있었고, 항상 작은 미소를 띠고 있었다.

"네가 행복하면 나도 행복해지는 거야!"

처음 독일에서 독일인 남자친구를 사귀었다고 말씀드렸을 때, 그렇게 대답을 하신 어머니였다. 마지막 내 기억에 남아 있는 어머니는 반쯤 열려 있는 문틈 사이로 손을 흔드시면서 "잘 가라, 며칠 후에 다시 보자." 하셨다.

5월 8일은 한국에서 '어버이날'이다.
그날 어머니의 목소리를 마지막으로 전화를 통해 들을 수 있었다.

"엄마, 독일 딸 저예요."
"아이구, 반갑다. 너구나!"
"엄마, 제가 방금 엄마 뵈러 가질 못해 미안해요."
"바쁜데 미안할 거 없어, 나 여기 참 잘 있단다. 그런데 독일이라는 곳이 얼마나 먼 곳이니?"
"엄마도 여기 몇 번 다녀가셨잖아요. 많은 시간 비행기를 타야 하는 거 아시지요? 5년 전이었나, 벌써? 엄마가 여기 다녀가신지? 그때 우리 사는 거 다 보고 가셨잖아요!"
"그래, 그래. 내가 또 잊어먹었다. 나는 네가 또 이사한 줄 알았다…. 얘야, 네 아이들이 몇이냐? 하나였나, 둘이었나?"
"엄마, 나는 애들 셋을 가졌어요. 엄마, 며칠 전에 보낸 가족사진 아직 못 받으셨어요?"

"받았어, 도착했다."

"그럼 다시 한 번 그 사진을 보세요. 이제는 아이들이 다 자라서 성인이 되었어요."

"그래, 함 볼게."

"엄마, 오늘 빨간 카네이션을 사서 엄마에게 감사하는 마음으로 가슴에 달았어요."

"왜, 빨간 카네이션이지?"

"엄마, 한국에선 어버이날 모두가 카네이션을 가슴에 다는 거, 아시죠? 어머니가 돌아가신 분들은 하얀 카네이션을 다는 거…그래서 저는 오늘 참 행복해요. 엄마가 살아계셔서 빨간 카네이션을 달 수 있다는 거요."

"그래, 참 예쁘다."

"엄마, 내가 아주 오래 빨간 카네이션을 달 수 있도록 저와 약속 해요!"

"나 여기 잘 있다. 너 언제 또 만나러 오냐?"

"엄마, 다시 여름 방학 되면 엄마 뵈러 갈게요. 방학 때는 내가 학생들을 안 가르쳐도 되거든요."

"네가 오면, 난 참 기쁘겠다."

한국여자인 나의 어머니

"엄마, 나는 거의 매일 엄마 계시는 곳에서 사진을 컴퓨터에 올려 놓는 덕분에 항상 엄마 얼굴을 볼 수 있어요"

"그런 것이 어떻게 해서 가능한지, 난 정말 모르겠다."

"엄마만 건강하시면 되요, 그때까지 잘 지내세요! 그런 거 모르셔 두 되구요."

"그래, 그럼 이따가 보자."

나는 오랫동안 수화기를 오른 귀에 댄 채 물끄러미 정원을 바라다보았다. 엄마의 목소리가 오랫동안 다시 들려왔고, 무척 따뜻하게 느껴졌다. 나의 기억력도 언젠가 상실할 것을 우려하면서, 나는 엄마와 대화한 것들을 일기장에 적어 놓았다.

그 후 며칠 안 되어 고국에 있는 언니한테서 전화가 왔다. "엄마가 방금 아주 편하게 잠드셨어. 장례식은 3일 후야" 하고 전해주었다. 나는 한국 가는 비행기 표를 곧 예약하였다. 기차역까지 택시로 15분, 2시간 기차로 공항까지, 3시간 동안 짐을 부치고 기다리고, 2시간 파리 공항까지, 거기서 갈아타느라 1시간, 11시간 한국까지 비행, 1시간동안 짐 나오는 거 기다리고 입국심사 거치고, 2시간 시외버스 기다리고, 3시간 버스로 묘지를 향해 타고, 그리고 30분 택시를 타고 돌아가신 어머니와 가족들이 기다리는 묘지에 막 도착하려는데, 휴대폰 전화벨이 울렸다.

"너, 지금 어디까지 왔니? 우리는 모든 일 끝내고 지금 막 묘지에 도착했거든"
"언니 기다려 줘! 나 이제 5분 후면 그곳에 도착해"

그래서 나는 다행히도 어머니의 마지막 가시는 길에 동참할 수 있었다.

어머니는 내가 처음 비행기를 타고 독일을 향했을 때, 엄마의 마음이 담긴 쪽지 한 장을 처음 받은 편지에 동봉하셨다.

그날의 이별

광명이 흐려질 때
높이, 그리고 멀리 사라진 소리-.
눈물 닦으며 그 머디먼 이국으로
발걸음을 옮기던 그 모습-.
아쉬움에 미소지우며

돌아서야 했던 내 모습-.

그리움과,

기다림이,

내 온몸을 적시운다.

짧다는 5년,

내 앞에 너무나 길게 서 있네-.

너의 엄마가

나의 어머니,

용감하고 열심히 자신의 삶을 엮어 나가셨고,

사랑의 마음을 항상 전달하셨으며,

자기 자신에게 언제고 성실하셨다.

그래서 어머니는 자존의 상실에서 구출되셨다.

어머니는 항상 나를 기다리셨다.

나는 그것을 언제나 느낄 수 있었다.

21.

위안부

...

　언젠가 내가 한국을 방문했을 때 서울 길거리에 서서 자신들의 인권을 다시 찾고자 부르짖고 있는 몇몇 나이든 여인들을 보았다. "저 여자들은 전쟁 때 일본 군인들을 위해 강제로 끌려가 강간을 당한 여자들이야. 늦었지만 이제라도 보상을 받고 진실을 알리기 위해 그 억울함을 부르짖는 참으로 불쌍한 여인들이지." 하고 어머니는 나에게 알려주셨다.

　왜 남자들은 자기들을 위안할 수 있는 여자들이 필요한 것일까!? 여자들을 그들의 성 만족과 후세를 남기기 위해 태어난 인간으로만 여겼기 때문일까? 아니면 그 외에도 더 바라는 것이 있는 것일까?

　전쟁터에서는 우리가 평소에 느끼는 것과는 전혀 다른 감정들이 지배한다 했다. 불쌍한 군인들이 조국과 사랑하는 가족을 위한다는 명분으로 목숨을 걸고 싸우며, 죽기 이전에 마지막이 될지 모를 음식도 먹어보고 마지막 성 향락도 즐겨보고 싶은 처절한 운명의 발악인가? 죽음에 대한 공포를 잊으려는 최후의 행위일까?

군복을 입은 그들은 총을 들고 행군하며 미성년자성인의 보호를 받아야 했던 어린 여자아이들까지 따뜻한 둥우리에서 강제로 끌어내려 동원했다. 죽을까 두려워 급기야 제 발로 트럭에 올라탄 이들도 있다고 한다. 그 여자들의 눈은 어디로 실려 가는지 알 수 없도록 헝겊으로 가려 놓았다. 트럭 안에서 그들은 같은 운명에 처해진 동족 여자들과 만났다. 식민지 국가에서 태어나 그들을 통치하던 군인들을 위로하기 위해 태어난 여자들이 되고 말았다.

일본군 위안부가 된 한국 여인들.
방금 열다섯, 열여섯 살 나이가 들었을 듯, 이제 젊은 여성으로 막 성숙할 무렵이었다. 무언가 남자에 대한 호기심도 생기고, 젖가슴이 어느새 부풀어 오름을 느끼기 시작한 어린 여인들이었다. 그들은 일본이 자기나라 군인들이 전선에서 성 욕구를 채우기 위해 대비한 강제 위안부라 했다. 아직 미성년인 여자아이들이었지만,

일본군들이 성교대상으로 삼았음에도 범죄행위가 아니었다. 전쟁에서는 불법행위가 지적을 안 받는다 했다. 아시아에서 일어난 제2차 세계 대전 당시에 무법이 지배했던 이야기였다.

군사 건물 뒤에는 나무로 지은 헛간이 여러 개 있었다. 그곳의 나무 책상은 군인들이 어렵지 않게 성 욕구를 풀 수 있기에 알맞은 높이로 만들어 놓여 있었다. 하얀 한복을 입히고 팬티를 벗긴 위안대 여자들을 그 상 위에 눕히고 두 손을 묶어 고정시켜 놓았다. 하얀색은 한국에서 결백과 죽음을 상징하는 색이다.

그 여인들의 눈은 군인들과 시선이 마주칠 수 없도록 헝겊으로 매어 놓았다. 그들은 어느 곳에서 자신들이 누워 있는지도 알 수 없었고 또한 자기들 앞에 서 있는 군인들의 얼굴도 알아 볼 수 없었다. 그런 곳은 인간의 감정이 소멸된 곳이었다.

그 허술한 헛간 문 앞에는 군인들이 나란히 줄을 서서 자기 차례가 올 때까지 기다렸다. 군인들은 성의 향락에 흥분되어 있었다. 그들은 한 차례 전에 행했던 동지의 정액이 찢겨진 질에서 피와 섞여 나오는 오묘한 냄새도 감수했다.

포기?

절대로 못 해!

이제까지 기다린 것도 힘들었는데, 그 대가는 받아야지!

내가 또한 내일도 살아 움직일 수 있을지 모르는 형편이야!

여자들은 아무 발악도 못하고 마치 삶이라는 것이 떠나버린 육체인 듯 그저 남자들의 움직임에 흔들리고만 있었다. 그녀들이 죽어있는가 살아있는가는 후에 알아도 상관없다. 손을 묶은 끈은 계속해서 몇 명의 군인들을 더 위안시킬 수 있도록 튼튼히 매여져 있다. 더 이상 쓸모가 없게 된 여자들은 끈을 풀어 준비된 곳에서 병이 난 짐승처럼 태워 버렸다. 대기 위안부로 대치되기까지 기다리던 군인들은 얼마든지 왼쪽이나 오른쪽으로 줄만 바꿔 서면 되었다.

일본이 전쟁에 져서 후퇴를 해야 할 때도 그런 일이 탄로날까봐, 자기들을 위안하며 살아남은 여자들을 동굴에 넣어 장작불로 태우거나 아무도 도망치질 못하도록 커다란 돌로 입구를 막아 놓았다. 후에 나온 기록에 따르면, 식민지 시대와 전쟁 때 거의 200,000명의 여자들이 희생되었다고 보도되었다.

어쩌다 기적같이 살아남은 소수의 여자들이 아직도 서울 거리에서 외치고 있는 것이었다. 그 여인들은 거의 이제 80을 넘었다. 하지만 늙은 여인들은 외쳤다. 자신들의 존엄성을 다시 복구해 달라고 외쳤다. 인간의 존엄성을! 시인 장정임은 그녀들을 위해 시 한 편을 남겨 놓았다.

Du Kreuz von Korea

Wer kann Deinen ganzen blutbedeckten Koerper waschen?

Wer kann Dein zerrissenes Herz zusammennaehen

Und in die Ruhestaette bringen?

Du bist eher zertreten als das Vaterland,

Du bist eher vergessen als die Befreiung,

Du, die Blume der Traene der Geschichte.

Wer kann Deinen Geist, der von Rache erfuellt ist,

in der Ruhestaette zum Einschlafen bringen?

Du! Du bist Opfer, gefallen, als Kriegsmaterial,

als oeffentliche Toilette. Du bist ja wie ein Pakkokt.

Du, trauriges schmerzerfuelltes Kreuz der Erde,

Du bluehst wieder auf als zertretene Blume unter Unkraut.

Du forderst uns auf, die wir beladen sind von Scham und Groll,

Du beruehrst das Vaterland, das Dich verraten hat, wuetend.

Wir wollen Dir einen sicheren Schoβ geben,

komm zurueck, ruhe Dich aus, wenn Du

keine langhaarige, sechzehnjaehrige Jungfrau mehr bist.

Heute wollen wir fuer Dich ein Denkmal erstellen,

damit keine Frau mehr kolonialer Brutalitaet zum Opfer faellt.

Du bist unschuldig. Du bist unsere Mutter.

Nun schlage Deine Fluegel ein.

Nun schweife nicht mehr hin und her.

Du Kreuz von Korea.

Ruhe bitte bequem.

Du! Blume aus Traenen Koreas.

그대 조선의 십자가여

어느 누가 그대의 피 묻은 몸을 씻겨 줄 수 있겠는가?

어느 누가 그대의 찢어진 마음을 달래어 안전한 휴식처로

인도할 수 있겠는가?

그대는 이미 조국이 짓밟히기도 전에 으깨어지고,

나라를 다시 찾기도 전에 이미 잊혀짐을 당한,

오, 그대는 역사가 자아낸 눈물의 꽃이외다.

그대는 어둠속에서 피는 박꽃과 같은 운명으로 태어났고

마치 공동화장실과도 같은 전쟁의 도구로 희생당하며

무참히 더럽혀졌소.

원한으로 가득 찬 당신의 영혼이 조용히 잠들 수 있도록

평화스런 안도의 자리를 아무도 펼치지 못하고 있소.

슬픈 아픔을 간직한 이 땅의 십자가인 당신!

그대는 잡초 속에서도 다시 살아나는 꽃의 힘을 담고 있다오.

그대를 배신한 조국을 향해, 수치와 원망을 짊어진 우리에게

그대는 분노를 품고, 청구하고 있구려!

위안부

이미 그대는

긴 머리를 딴 열여섯 살 숫처녀의 시절을 뒤로 하였지만,

편히 다시 돌아오셔서 언제고 편히 쉴 수 있는 안식처를

우리는 배려하고 싶습니다.

식민지 지배 아래 어느 여인도 악독한 희생을 다시는

당하지 않도록 오늘이라도 그대의 동상을 세워 기억하려 합니다.

그대는 순결합니다.

그대는 우리들의 어머니입니다.

이제 그대의 날개를 접으시고

이리저리 방황의 움직임을 거두소서.

조국의 눈물로 형성된 꽃이여.

조선의 십자가인 그대여.

부디 평안의 휴식을 취하소서.

몇 년 전 독일 신문에 보도된 내용엔 다음과 같은 말이 있었다.

"(…) 일본국의 관점에서 보면 전쟁 때는 평상시와는 다른 법이 사용되었다. 그리고 그런 행위는 여러 서양 국가에서도 마찬가지로 한 행위다. (…) 때문에 별다르게 용서를 구할 이유를 찾을 수 없다."

식민지 시대.

전쟁 시대.

그런 일들은 허다하다.

아주 정상적인 행위였다고 주장한다.

2015년 말에 나는 아주 놀라운 신문기사를 읽었다.

"(…) 한국과 일본은 지난 월요일 세계 제2차 전쟁 때 일본군에 강제로 끌려간 위안부 여인들에게 용서를 바라며 어느 정도의 돈을 지불하기로(…)"

이제 일본에서는 위안부를 대신하는 여자들이 실리콘으로 만들

위안부

어져 돈만 주면 살 수 있다는 이야기를 들었다. 얼마나 다행한 일인가!

22.

먼 곳, 가까운 곳

．．．

나는 현재 5초 이내로 고국의 가족들과 대화를 할 수 있다. 카메라를 통하여 얼굴이 움직이는 것도 볼 수 있고, 그냥 전화를 통해서도 가능하며, 카카오톡을 통하여 전하고 싶은 마음을 글로 짧게 작성하여 주고받을 수 있다.

며칠 전 한국에서 사는 언니가 좋은 옷을 세일하여 반값으로 샀다고 웃으며 화상으로 보여 주었다. 언니는 카메라 앞에서 새 옷으로 갈아입었고, 나는 언니와 웃으며 대화를 나눌 수 있었다. 하지만 뒤에 달린 지퍼를 올리는 것은 도와줄 수 없었다. 옷이 좋고, 색도 예쁘다며 웃는 모습을 서로 나누는 우리들의 모습은 15,000km란 공간을 두고도 화면을 통해 상대방과 대화를 하고 있는 모습이다. 40년 전 내가 처음 독일에 왔을 때만 해도 상상도 못 할 일이었다.

그 당시 전화를 3분간 한국으로 하면 40마르크를 지불해야 했고, 어쩌다 4분이 걸렸으면 그보다 곱으로 지불해야 했다. 왜냐하면 한 통화당 3분씩으로 계산이 되었기 때문이다. 그래서 나는 시계를 수화기 옆에 놓고 2분 59초가 지나면 빨리 수화기를 놓아 대화를 끝내 버리기도 했지만, 대부분 3분이 넘게 이야기가 진행되었다. 아버지와도 한 번쯤 목소리를 들어야 한다고 어머니가 수화기를 아버지께로 돌려주시던가, 아버지가 먼저 받으시면 어머니에게 수화기를 넘겨주셨는데 그때마다 "괜찮아요, 전화비 때문에 지금 수화기를 놓아야 해요." 하고 말씀 드릴 수 없었기 때문이었다. 그 다음에는 아예 처음부터 "엄마, 아버지도 불러오세요.", 아니면 "엄마도 옆에 계세요?" 하고 대화를 시작했다.

전화연결은 기계성능이 좋지 않아, 항상 얘기한 것이 멀리서 오는 메아리로 다시 들려와 상대방의 대답과 혼합이 되어 잘 이해가 안 될 때도 많았다. 그래서 문장이 끝나면 "끝"이라고 말했고, 그 소리를 들은 후에야 다시 새로운 문장을 이어가기도 했다. 상대방이 말하는 전화 속 목소리도 어찌나 작게 들리는지, 저마다 소리를 크게 질렀다. 전화를 주고받을 때마다 목소리가 지구의 반대쪽으로 오고 가느라 그런 거야, 하고 스스로 위로를 했다.

음악을 전공하는 내 귀에는 무엇이든 세밀하게 들렸다. 어머니와 아버지가 어떤 속도로, 어떤 목소리로 말씀하시는지를 듣고, 3분 안에 충분히 그들의 감정상태를 나는 잘 파악할 수 있다고 생각하였다. 중요하다고 생각되는 일을 보고하는 문장들 사이에 이어지는 단어들과, 그런 대화에서 주어지는 크고 작은 숨소리에 나는 귀를 기울였고, 그러고 나면 나의 불안이 안정되어 얼마간 내 마음을 사로잡았다. 손수 쓰신 편지지 위의 필체만 보더라도 마음상태를 알 수 있는 것과 같이 언성의 높낮이와 강약도 그러했다.

나는 고국의 냄새가 그리우면 한국 고춧가루나 간장을 사용한 음식을 장만한다. 어머니께서 언젠가 우리나라에서 으뜸가는 음식인 김치를 담그시며 "우리 한국 사람들은 좋은 매운 맛에 반해서 고춧가루가 없으면 못 살지. 원래는 중국 사람들이 그 빨간 가루를 조선 사람한테 주면서 '먹고 죽었으면…!' 했단다. 그런데 한국 사람들은 이제 그것이 없으면 죽겠지." 하고 웃으셨다.

40년 전 독일 상점에서 배추나 고추는 살 수 없었다. 처음 장을 보러 갔을 때 너무 놀랐다. 배추도 눈에 안 띄고 빨간 고추도 없고, 마늘이 어떻게 생겼는지 상점 아주머니들은 잘 모르고 있었다. "한국인은 마늘을 먹어 냄새나는 사람들"로 낙인이 찍힌다고 하여 근무가 없던 휴일이나 사람들을 만날 필요가 없을 때만 선택하여 마늘을 넣고 조리했다.

즉시 고춧가루를 우편으로 독일까지 보내달라고 어머니께 편지를 썼다. 그 당시 편지는 한국에서 독일까지 거의 열흘 정도 후에 도착했지만 어머니는 무게가 많이 나가는 고춧가루는 배송료가 얼마 안 드는 배로 부치셨는데, 그것이 독일에 도착하기까지는 거의 4개월이 걸렸다. 인내심으로 기다리는 수밖에 없었다. 고춧가루가 배를 타고 나를 향했다는 어머니의 편지는 일주일 좀 지나서 도착했다.

나는 안도의 숨을 쉬며 우체국 사람들이 머나먼 반대편 대륙에서 독일까지 운반해 주심에 얼마나 감사했는지 모른다. 고춧가루가 실린 배가 침몰하지 않기만을 간절히 빌었다. 몇 달 후에 고춧가루가 도착하자마자 김치를 담갔다. 배추를 살 수 없기에 그것과 비슷하게 생겼고 배추와 비슷한 성분을 갖고 있는 채소를 사다가 김치 대용으로 만들어 먹었다.

그 후 몇 년이 지난 뒤에 갑자기 배추가 상점에 나란히 놓여 있는 것을 발견하였다. 나는 즐거운 비명으로 크게 소리쳤고, 마치 고국에 온 것 같은 친밀감까지 느껴질 정도였다. 아마도 그것은 80년도 초기였으리라 기억한다.

40년이 지난 요즘은 한국에서 살 수 있는 거의 모든 제품들이 인터넷으로 주문하면 이틀이나 사흘 만에 우리 집 문 앞까지 배달이 된다. 큰 도시에 있는 커다란 한국인 슈퍼에서는 냉동까지 해서 배달을 해 준다. 그런 배달도 "문제없습니다."라는 메일로 답도 받는다.

왜 우리나라 배추를 독일말로 '중국 배추'라 하는지, 그리고 한국의 어여쁜 진달래꽃의 이름도 '일본 진달래'로 이름이 쓰여 있는지, 나는 아직도 이해가 잘 되지 않는다. 아마도 옛날 유럽 사람들은 동양이라 함은 중국과 일본으로만 구성되어 있다고 생각한 것이 틀림없으리라. 그 두 나라 사이에도 하나의 독립된 한국이란 나라가 있다는 것을 잘 모르는 시대였다.

세월은 많은 변화를 가져다준다.
그리고 그에 따른 우리의 관념과 습관도 많이 변한다.

기계문명이 발달하면서 5초 만에 한국 식구들과 화면을 통해 대화할 수 있고, 서로가 얼굴에 표현되는 웃음과 눈물을 동시에 보며 서로 말을 주고받을 수 있을 뿐만 아니라 인터넷 덕분에 거의 돈도 안 든다. 하지만 나는 새로 구입한 언니의 옷에서 나는 냄새도 맡을 수 없고, 손으로 직접 그 원피스의 감촉이 어떤지 만질 수도 없다.

그리고 옛날처럼 언니들과 새 옷을 사면 금방 서로 바꾸어 가며 입을 때 느끼는 다정함과 체온도 없어 아쉬움으로 남는다.

접촉과 감각, 냄새를 맡는 기능은 전자적 연결이 아무리 발달되었다 해도 아직까지는 불가능하다. 가족한테서만 느낄 수 있는 특이한 감정은 완전하게 주고받을 수 없다. 고국에 있는 가족들과 만나 부둥켜안을 수 있을 때를 항상 그리워하게 되었다. 그것은 좋은 현상이다. 무언가 그리움이 남아 있다는 것은…!

23.

고국에서도 나그네

...

내 머리 위로 철새들이 큰 소리로 끼룩거리며 남쪽을 향해 날아
갔다. 참 이상한 소리로 노래를 했다. 내가 이상하게 생각함은 그들
의 언어를 이해할 수 있는 능력이 나에게 없기 때문이다. 하지만 왜
수탉이 새벽에 하늘을 쳐다보며 "꼬끼오…!" 하고 우는지, 이제는
알고 있다. 나무꾼이 자기 가족들을 그리워하는 마음에서 운다 했다.
　철새들은 이곳에서 날씨가 추워지면 따뜻한 기온이 있는 곳으로
자신을 보호하기 위하여 날아간다. 그들은 머나먼 하늘을 날아가다
가 많은 고비를 겪는다. 거의 죽을 만한 어려움까지도 이겨내면서
그들은 해마다 날아간다.
　나도 철새와도 같이 해마다 고국을 향해 날아갔다. 경제적, 시간
적 여유가 생기면 남편과 아이들과 동행했지만, 그렇지 못하면 수

차례 혼자서 날아갔다. 그리고 고국에서만 받을 수 있는 따스함을 마음에 충전시켰다. 신선하고 매운 고추 맛을 한없이 즐겼다. 내가 어릴 때 눈에 박아놓았던 높고도 파란 하늘이 다시 눈에 들어왔고, 무척 좋아하던 오징어를 말리는 냄새도 깊이 들이마셨다. 무당들이 춤추며 중얼거리는 노래도 듣고, 바람에 흔들려 춤추는 대나무에서 나는 작은 소리에도 귀를 기울였다. 공항 검문소에서는 사람들을 국적은 어딘가, 지구 어느 대륙에서 왔는가에 따라 구분한다. 나는 한국 사람이지만 독일 여권을 소지하고 있기 때문에 외국인이라고 쓰인 줄에 서야 한다. 태어난 고국에서도 외국인이 된 것이다.

거의 40년 전 처음 독일로 왔을 때, 소비에트 연방정부가 자기네 하늘을 지나가지 못하게 했으므로 거의 24시간이나 걸려 도착했다. 당시는 강대국들이 냉전으로 인하여 서로 자기나라의 영공을 침범하는 일이 없도록 국가적 법을 만들어 놓았으며 감시가 무척 심했다. 허락하지 않은 외국의 수상한 비행기들은 국가에 해를 끼칠 수 있다는 두려움에서 무조건 쏘아버렸다. 1983년 250명의 민간인들이 탄 한국 여행기가 어쩌다 소련 하늘에 조금 들어왔다고 하여 포격을 가하여 250명이나 되는 여행객들이 모두 목숨을 잃어버린 일도 있었다.

그날은 마침 우리를 방문하셨던 부모님이 다시 한국을 향해 비행기로 떠나신 날이었다. 안내원에게 물었더니, 폭격을 당한 비행기는 바로 그 앞 시간에 떠난 비행기였다. 무사히 한국에 도착하신 부모님은 전화로 "글쎄, 바다 위에 무언가 비행기 조각 같은 것들이 둥둥 떠 있어서 무언가 이상하다 했지. 다행히 우리는 무사히 도착했다." 하셨다.

그 후 나는 항상 두려움을 안고 비행기에 올랐다. 금지된 하늘을 피하느라 비행기는 먼저 반대방향인 알래스카를 향해 날았고 거기서 다시 기름과 새 음식을 싣고 한국을 향해 다시 12시간을 날아야 했다. 그리고 다시 돌아올 때도 그 장거리 비행을 이겨내야만 했다.

소련에서 페레스트로이카 정치가 시작되면서 소위 '그들의 하늘'을 사용할 수 있게 되었다. 이제는 프랑크푸르트나 뮌헨에 있는 공항에서 직접 한국까지 비행기로 가는 시간이 10시간 반 정도밖에 안 걸린다. 정치가 바뀌면서 우리나라까지 비행시간은 거의 반으로 줄어든 셈이다.

그 당시 어떤 정치적 분위기였는지는 한국 공항에 도착하여 검열관들을 대할 때 어느 정도 짐작할 수 있다. 40년 전에는 공항에 도착하여 그런 검열을 받아야 할 때에 많은 인내심을 필요로 했다. 잘못하면 북한에서 온 간첩으로 수사를 받게 될 수도 있거니와 외국에서 가져온 금지된 물건들을 감춰 온 것이 아닐까 하는 의심 속에 한 사람도 빠짐없이 모든 여행가방을 열어서 보여주어야 했다. 검열관들이 팬티며 브래지어며 할 것 없이 가져온 모든 것들을 샅샅이 뒤집어 놓는 바람에 검열 후 다시 가방을 정리하려면 무척이나 오래 걸릴 정도로 그들은 무지막지하게 행동을 했다.

그러나 요즘에는 그곳에 서 있는 검열관들이 우리가 옛날과도 같은 크기인 가방을 끌며 옆으로 지나가는데도 쳐다보지도 않고, 그런 짐 속에 무엇이 들어 있는지 묻지도 않는다. 한국에서는 이제 외국산보다 더 좋은 것들이 많이 생산된다고 인식하기 때문이라 생각한다. 예를 들면 세계에서 최고 수준의 핸드폰손전화도 한국산이다.

이제는 우리 모두가 글로벌한 세계를 주시할 수 있는 눈과, 아무리 멀리 떨어져 살아도 몇 초 만에 생각을 나눌 수 있는 거미줄과도 같은 전산망으로 이어진 디지털 시대에 살고 있다. 우리가 국가의 안전을 위해 철조망으로 경계선을 친다 할지라도 국가 경계선을 탈피한 인터넷에서는 그러한 방어가 사라져 버린다. 그런 개방을 두려워하는 이들은 낯선 것을 도외시하며 마음의 문을 닫고 외부와 접촉을 피하고 있다. 그러나 현 세계는 모두가 힘을 합하여 빠른 시일 내에 같은 문제들에 대하여 함께 해결책을 구해야 한다. 이는 마지 서미술과도 같은 형태를 하고 있기때문다.

또한 현 세대가 구세대와 다르듯이 현대인들은 다른 생각을 하고 있다. 2009년이었던가, 한국 텔레비전에서 제일 인기가 있었던 프로그램 중에 한국말을 배운 외국인들이 한국 생활을 한 경험담을 이야기한 것이 있었다. 거기서 어떤 이태리 여자는 한국 남자하고 결혼했는데, 시어머니와 같은 집에서 산다고 했다. 그때까지만 해도 한국에서는 아주 드문 현상의 이야기였다. 아나운서가 한 지붕 밑에서 시어머니와 함께 생활하는 것이 어떠냐고 물었더니, 그 이태리 여자는 문제될 것이 하나도 없다 했다. 그러자 아주 무척 더운 여름날 시어머니가 옆에 계신데도 웃통을 훌랑 벗고서 집 안을 돌아다니는 그 며느리 모습이 비디오로 상영되었다. 그것을 보면서도 이태리 여자는 한국말로 천연덕스럽게 "문제가 없어요."라 하는 것이었다.

아주 오랫동안 유교사상교육에 영향을 받아 한국 풍습을 중요시 여기던 사회에서 예전에는 시어머니와 며느리 사이에 상상도 못 할 장면이었다. 시어머니에 대한 절대적 존경과 예의를 무척 신중하게 여겼기 때문에 그 앞에서 예의바른 옷차림은 절대적 예의범절에 속했다.

그 프로그램을 보던 모든 사람들이 급작스레 바뀐 광경을 보고 모두 웃어댔다. 웃는다는 것은 머릿속에 모두 다른 형태의 며느리가 잠재되어 있었기 때문이다. 그 시어머니의 야릇한 웃음을 띤 얼굴이 아직도 내 기억에 남아있다.

　사고방식이 바뀌는 것은 현대적이라 했다. 사회의 중심을 이루고 있던 사고방식은 변화되며 어느새 자취를 감추고 있다.
　한국에는 발전한 전자그물이 펼쳐져 있다. 모든 사람들이 빠른 순간 속에서 서로 대화가 가능하다는 것에 많은 자부심을 갖고 있다. 그러나 자신이 스스로 생각을 더듬어가며 이리저리 숙고할 시간 여유를 만들어 내기는 참 어렵다고 생각했다. 자신이 사고하는 것을 중요시하고 당분간 생각할 여유를 가지려는 사람을 보고 "너무 느린 바보"라 한다. 또한 힘든 사람, 상대하기 어려운 사람으로 낙인찍히게 된다.
　한동안 나는 분명 고국 땅인데도 고국이란 자취를 잃어버린 듯한 섭섭한 마음을 가슴에 담고 쓸쓸하게 거닌 적이 있다. 고국이란 나라에 대하여 많은 변화를 나는 의식했고, 고국을 떠났을 때처럼 어린 여자의 생각 속에 존재했던 그런 옛 그림을 그리며 살고 있었다는 것이 새삼 느껴졌다. 생각의 변화에 아픔을 느꼈다.
　흐르는 시간 속에서 오는 정상적인 변화임에도 나도 모르게 발생

하는 그리움은 아직 남아있다. 나의 눈길은 끊임없이 그 어린 시절에 보았던 모습을 찾고 있었다. 무당들의 춤과 노래는 기독교 찬송가 소리에 숨을 빼앗겼다 싶게 조용해졌고 신령님을 부르던 무당의 절규는 삼켜져 버렸다. 어느 구석이건 오징어를 말리던 냄새는 새로운 비닐 무향기 포장지에 갇혀 버렸다. 민족의 전형적인 까만 머리였던 단색도, 서양 사람들과 비슷하게 연한 갈색이나 노랑머리로 염색되고 있다. 정형외과 의사들의 완벽한 기술은 또한 우리 동양의 전형적이며 나름대로 매력을 담은 찢어진 눈에도 커다란 쌍꺼풀을 만들었고, 나지막하여 귀엽다고 느끼던 동양적인 코도 서양 여자들과 같이 날카롭고 높게 올려놨다. 이제는 거의 불가능했던 태생으로 인한 특징들도 돈만 지불하면 변화가 가능하다. 부유한 나라에서 할 수 있는 자유로운 선택이다.

나는 잠시 방향감각을 잃어버렸다. 그렇기에 독일에 다시 돌아온 나는 대나무를 정원에 심어놓았다. 어려서 귀에 익숙했었던 바람 속에 흔들리는 대나무의 움직임도, 그가 자아내는 작은 잎들의 속삭임도 다시 음미할 수 있었다. 세찬 바람이 불어와도 절대로 꺾이지 않는 대나무만이 갖는 강한 힘도 마음에 깊숙이 다가왔다.

서랍에 모아둔 사진을 꺼내 보았다. 한국의 많은 친척들과 가족

24.

환
갑

...

들이 모여서 찍은 오래된 사진이었다. 거의 할머니를 중심으로 네
줄이 형성될 정도로 많은 사람들이 모인 사진이었다. 할아버지는
그 사진에서 찾을 수 없다. 할아버지는 이미 우리 곁을 일찍 떠나셔
서 아내의 환갑에도 참석하지 못하셨다.

할머니는 은빛 색의 머리카락들을 뒤로 매어 비녀를 꽂으신 모습
을 하셨다. 고상한 흰색과 회색이 곳곳에서 반짝대는 고운 한복을
입으신 할머니의 모습만 보아도 분명히 특별한 날이었음을 짐작할
수 있었다.

할머니 앞에 있는 커다란 상 위에 많은 음식들이 가득히 놓여 있
었다. 할머니는 네 명의 아들과 며느리들 그리고 많은 손자손녀들
중간에 앉아 계셨다. 그 외에 많은 친척들은 누가 누구의 아내며,

남편인지 나는 구별할 수 없었다. 그리고 그 친척들을 그날 이외에 또 자주 만날 수 있었는지 알 수도 없었다.

그 와중에 나를 찾았다. 아직 국민학교도 안 들어갔을 어린 여자 아이였다. 내 시선은 카메라를 향하지 않았다. 앞에 놓여있는 맛있는 음식들과 많이 모인 친척들과 동네 사람들한테 나는 시선을 빼앗긴 것이다.

그때 할머니는 너무나 연세가 많으셔서 돌아가실 때가 얼마 남지 않은 늙은 사람이라고 나는 생각했다. 할머니가 걸으실 때는 허리가 구부러진 상태에서 움직이셨다. 그리고 항상 지팡이 하나를 손에 쥐시고 거기에 의지하며 걸어 다니셨다. 그때는 나이든 사람들 중 많은 사람들이 허리가 구부러진 채로 걸어 다니곤 해서 나이가 많이 들면 저절로 그렇게 된다고 생각했다.

그 시대에는 여자들이 거의 일생 동안 허리를 굽혀 일을 했기 때문이라는 것을 뒤늦게야 나는 알게 되었다. 식사를 준비하는 부엌도 허리를 구부려서 일을 해야 했던 낮은 부엌이었고, 밭에 나가서 일을 할 때도 엎드려 윗몸이 땅과 평행이 된 상태에서 일을 하셨다. 높은 식탁과 의자에 앉아서 식사하는 법을 그때까지 나는 본 적이 없었고, 우리 모두가 거의 바닥에서 생활을 했다. 어머니들은 두 손으로 일을 할 수 있도록 새로 낳은 아이를 등에 업고 다녔고, 그래도 손이 모자라면 바구니를 머리에 이고 물건을 날랐다. 결국엔 그들이 똑바로 걸어야 할 때는 허리를 이내 펴질 못하고 똑바로 서서 걷는 법을 잊어버린 것뿐이었다.

부모님과 함께 종종 시골 할머니한테 놀러 가면, 할머니는 남자들처럼 발을 꼬아서 책상다리로 앉으신 후 방바닥까지 닿는 기다란 담뱃대를 붙드시고 담배를 피우셨다. 내가 어렸을 때는, 왜 저렇게 긴 대나무에 뚫은 아주 조그마한 담배통에 담배를 넣고 넘치지 않도록 꾹꾹 눌러대야 하는 복잡한 경로를 거쳐야 하는지 궁금했다. 더구나 그 담배에 불이 붙어 탈 수 있게 되기까지 몇 번이고 할머니는 숨을 들이마셔야 했다.

그래서 손자 손녀인 우리들은 할머니께서 옛날이야기를 시작하시기까지 꽤나 기다려야 했다. 할머니는 담배에 불이 붙어 연기가 잘 나올 때까지 절대로 이야기를 시작하지 않으셨다. 후에 나는 남편한테 "내가 할머니가 되면 나도 긴 담뱃대로 담배 피울 거야. 그래서 미리 한국에서 담뱃대를 가져온 것이라구."라고 말했다.

이제 나는 그때 사진에서 본 할머니와 같은 나이를 먹었다.

나는 60살 생일 잔치를 열었을 때 몇몇 친한 친구들을 초대했다.

고국에 사는 내 가족들의 빈자리를 독일 생활을 함께한 친구들이 메꾸어 주었고, 남편과 아이들 그리고 그들의 파트너들이 모두 나의 생일잔치를 위해 도움을 아끼지 않았다.

퇴색된 머리는 다시 진한 밤색으로 물을 들였고, 학생 때와 같이 턱까지 내려온 생 단발머리를 나는 아직도 지니고 있다. 학생들을 가르치며 자주 입었던 청바지는 벗어 버리고, 장롱 속에서 짙은 보라색의 긴 원피스를 입었다. 옛날 옷인데도 내 몸에 꼭 맞아 마음이 흐뭇했다. 그리고 그 옷에 색이 어울리면서도 걷기에 힘들지 않는 구두를 선택하여 신었다. 나의 짙은 황색의 피부는 곱지 않다고 생각하여 화장을 함으로써 밝고 곱게 보이도록 했다. 눈썹의 띄엄띄엄 털이 잘 안 나는 부분을 눈썹 그리는 연필로 연결시키고, 동양여자 특유의 옆으로 찢어진 눈 모양을 까만색으로 쌍꺼풀 대신 선을 그려 좀 둥글게 만들었다. 입술과 피부의 경계선이 희미해져 있는 것은 입술 그리는 연필로 선명하게 그렸다. 경험이 많으면 어느 정도 현재의 나이를 숨길 수 있는데도, 나이를 속이는 화장은 그리 쉬운 일이 아니다. 거울에 비친 얼굴을 보며 젊게 웃어도 보았다.

확실히 옛날 우리 할머니 모습보다 나는 훨씬 젊어 보였다. 며칠 후 나는 화장을 안 한 얼굴로 거울을 들여다보았다. 그리고 그곳에서 나는 할머니의 얼굴을 발견했다. 머리카락이 자란 하얀 부분이 그때 할머니의 묶은 머리색과 동일했고, 내 마음에서만 의식했었던 젊음이었단 것을 느끼게 되었다.

정원으로 향하는 문을 활짝 열었다.
숨을 깊게 들이마셨다.
두더지들이 또 우리 잔디를 뚫고 여기저기 흙덩어리를 끌어올려 놓았다. 노란 봄의 꽃과 빨간 튤립이 나를 반겨 주었다.

어느 날 우리 정원 한가운데 내가 지금처럼 서 있지 않으리라는 것을 도무지 상상할 수 없었다. 나는 흙으로 다시 돌아가 어떤 형태로든 어디선가 내 변화된 삶이 계속 형성될 것이라고 생각했다. 흙도 계속 숨을 쉬고 있지 않는가. 어머니가 된 딸이, 핸드폰을 통하여 반년이 된 손주 아이의 크게 웃는 모습을 보내왔다. 수십 번 반복하여 들여다보았다.

이제 나도 그때 사진에서 본 우리 할머니처럼 할머니가 되었다. 나는 내 환갑잔치에 온 친구들에게 이런 말을 했다.
"육십을 넘긴 후에 삶은 덤으로 사는 선물이라고⋯."
감사한 마음으로 지나간 삶을 돌이켜 본다.

커다란 호기심을 안고 앞으로 살아가게 될 날들을 기꺼이 맞이하는 마음으로…!

맺는말

순간의 연결이 시간을 만들었고, 시간의 흐름이 모여 나의 인생
이 만들어졌다. 독일에서 책을 내놓고 얼마 되지 않았을 때, 한국에
서는 상상 외의 일들이 겹치면서 한 민족의 분노가 촛불과 태극기
를 마주대고 서로 열변을 토하는 것을 지켜보게 되었다. 하루 종일
유투브를 통하여 한국에 일어나는 일들을 보고 듣고, 신문과 뉴스
에 매일 보도되는 기사들을 읽으며 나의 잠자리는 결코 편치 않았다.
독일이 통일의 길을 밟아갈 수 있는 발판이 되었던 동독 시민들의
촛불행위….

이미 27년이란 세월을 뒤로 하고 있다. 이미 머언 세월, 우리 곁을 떠나신 아버지 편지에서 "언제 이 땅에는 통일과 평화가 오는가." 하고 한탄하신 글귀가 생각 난다. 현재 내 삶의 세계는 결코 넓지 않아도 나의 뿌

리가 흔들림을 느낄 때 고국의 흙냄새가 더욱 그리워진다.

이미 강대국 대열에 우뚝 선 장한 대한민국의 땅이 다시금 그들의 힘에 짓밟혀서는 안 된다. 태극기와 촛불이 함께 뭉친다면 우리의 흙은 결코 불에 타 없어지지 않는다. 전쟁으로 인한 무기 수출은 어디서고 금지되어야 할 경제적 전략이다.

"독일에 대해서는 너무 적게 쓰셨어요…. 그리고 현재 일하시는 음악 교육에 대해서도요…." 하며 바라보는 이들을 위해 이미 원고 쓰기는 시작을 하였다. 그리고 이번에는 모국어인 한국말로 시작을 했다.

감사의 말

　알렉산드라 남미에게,

　첫아이의 출산으로 밤을 지새우는 어려움도 마다하고, 항상 좋은 생각을 앞세우고 나의 어려움을 들어주며 출판의 용기를 낼 수 있도록 나의 길을 선도하며 동행해 주던 것에 감사한다.

　헨리에테 인주에게,

　적지 않은 일들로 인하여 근무 후에 휴식이 별로 없는데도 기꺼이 나의 원고를 맡아 너의 깊은 감정적 이입을 바탕으로 신중하고 정성스럽게 검토해준 것에 감사한다.

　막시밀리안 한식에게,

　석사 과정 중에 많은 시간이 허락되지 않음에도 불구하고 나에게 적절한 출판의 길을 열어 주기 위해 큰 도움을 배려한 것에 감사한다.

　한국에 살고 있는 가족들과 친구들이 나의 길을 평안히 갈 수 있도록 보살펴 준 것에 감사하고, 낯설고 어려운 타국 땅에 도착한 나

에게 자신들의 자리를 나누어 준 독일의 가족들과 친구들에게 감사
한다.

항상 도움을 아끼지 않고, 나의 삶에 이제까지 40년이 넘도록 기
꺼이 함께해 준 나의 남편에게 무한히 감사한다.

Bibliographic (참고서적)

u.a.

1) Wolfgang Burde: Weltmusik KOREA, B. Schott Söhne, 1985 (S. 22-23).

2) Keilhauer, Anneliese und Peter: DuMont Kunst-Reisführer, Südkorea Kunst und Kultur im 〉Land der Hohen Schönheit〈, Köln, 1986 (S. 36-38).

3) Franz Eckert, Li Mirok, Yun Isang: Botschafter fremder Kulturen. Deutschland-Korea, Martin H. Schmidt, Regardeur III, 2008 (S. 44-51).

4) Hyun Hee Lee(이현희): 『이야기 한국사』(Erzählung Koreageschichte), 청아출판사(Chungabook.co.kr), 2006.

5) Aaron Ben-Zeev: Die Logik der Gefühle. Kritik der emotionale Intelligenz: Suhrkamp, Frankfurt a. Main, 2009.

6) Jai Sin Pak/Kazuo Hamada-Ritter: Zwangsprostitution im Asien-Pazifik-Krieg Japans, H&P Druck, Berlin, 1993.

7) Byung-Chul Han: Was ist Macht? Philipp Reclam jun. GmbH, Stuttgart, 2005.

8) Edoardo Fazzioli: Gemalte Wörter, Fourier Verlag GmbH, Wiesbaden, 2003.

9) Wolfgang Zemter: Hans Kaiser: Das Malerische Werk, Coppenrath Verlag, 1981.

10) Hans Kaiser: Randgänge, Anna H. Berger Mocker & Jahn Westfälische Verlagsbuchhandlung, 1992.

11) Kim Man Hee: Korean Life Portrayed in Genre Pictures, Hyeonamsa Publishing, Seoul, 2002.

12) Max Fuchs: Kultur und Subjekt, Kopaed, München, 2012.

13) Peter Scholl-Latour: Koloß auf tönernen Füßen — Amerikas Spagat zwischen Nordkorea und Irak, Propyläen(Ulstein), Berlin, 2005.

14) Kate Santon/Liz McKay: Atlas der Weltgeschichte, Paragon Books, Malaysia, 2004.

15) Christoph Kleßmann/Bernd Stöver: Der Koreakrieg Wahrnehmung-Wirkung-Erinnerung, Bölau, 2008.

부록

독일에서 출간된 『남식(Der maennliche Baum)』과 함께

244

음악실에서

1996년. 한독 문화교류행사에서 한복을 입고 강강수월래를 추는 독일 학생들

1996년. 독일 방송국의 초대 인터뷰

1996년. 한독문화교류행사 한국문화 사진전시회에서 (사진:신문사:DER PATRIOT)

1996년. 한국 도자기 작가 칠산 임재영 님의 전시회에서 (사진:신문사:DER PATRIOT)

2005년. 한국 무형문화재 18호 민화장 김만희 씨의 전시회에서 (사진:신문사:DER PATRIOT)

피아노와 함께

피아노 연주회를 끝내고 제자들과 함께

나의 인생에 큰 영향을 주신 부모님

첫 손자의 백일을 맞이하며

2016년 프랑크푸르트 도서전시회에 『남식』이 추천되다.

사랑하는 가족들과 함께

이 갑식 교수님 께

韓國文化를 放送人의 가슴속에
길이 심어주기 위한 熱意와 誠心에
저은 感動과 敬意를 表합니다
本人의 民畵作品展을 하리韓民于學과
共同主催 하신 그로스 이갑식 교수님 께
深謝한 謙意를 表하며 앞날에도
無窮한 큰 成功이 繼續되기를 祈願
하며 삼가 一筆을 올립니다 。
                    2005. 1. 15
        서울特別市 無形文化財 第18号
        民畵匠   金萬熙

무형문화재 18호 김만희 씨로부터 감사편지를 받다.

252

문화교류 행사 중 한국문화 소개를 담당하여 환영인사를 하다.

두 문화와 함께해 온 한 사람의 인생이 많은 분들에게
더 넓은 생각과 삶에 대한 용기를 주기를 기원합니다!

| 권선복
도서출판 행복에너지 대표이사, 영상고등학교 운영위원장

　교통수단과 통신수단이 발달하지 않은 지난 시대에는 대부분의
사람들이 한번 태어난 곳에서 평생을 살아가며 그 지역의 생활 방
식과 문화를 인생의 전부로 간직하게 되는 경우가 대부분이었습니다.
하지만 문명이 발전하고 이동수단이 정교해지면서 태어난 고국을
떠나 비행기로도 여러 시간이 걸리는 낯선 나라에서 또 다른 인생
을 살아가는 사람들도 더 이상 신기한 모습이 아니게 되었습니다.
두 나라의 전혀 다른 언어와 문화, 생활 습관과 생각의 방식을 같이
가지고 살아간다는 것은 과연 어떤 모습일까요?

이 책 『남식』은 6.25 한국전쟁 직후, 격동하는 역사의 현장에서 탄생하여 성장한 후에 음악에 대한 불같은 열정을 갖고 파독 간호사로 독일에 건너가 음악공부를 하였으며, 종극엔 음악교사가 되어 그곳에 정착하게 된 저자의 생을 드라마틱하면서도 새롭고 섬세한 필치로 담아내고 있는 에세이입니다.

낯선 땅 독일에 건너가 '가난한 나라에서 온 간호사 여성'이라는 위치에서 많은 경제적, 문화적 어려움을 겪었지만 가족을 돕겠다는 의지와 음악에 대한 스스로의 열정으로 극복해낸 저자의 인생은 우리에게 삶에 대한 큰 용기를 전달해 줍니다. 또한 한국에서 태어나고 자랐지만 독일 국적을 취득하여 50여 년을 독일에서 살아온 사람으로서 써내려가는 모국 한국에 대한 깊은 사유는 아주 독특하면서도 신선하게 다가옵니다. 특히 분단된 조국 한국과 한민족에 대한 고뇌 그리고 할머니와 어머니, 자신이 겪었던 전통적인 '한국 여성'의 삶에 대한 사유와 통찰은 우리에게 더 넓은 시각에서 대한민국의 역사와 문화를 되돌아볼 수 있는 기회를 선사합니다.

교통수단과 통신수단의 발전을 넘어서 이제는 네트워크의 발달로 전 세계와 수시로 교류할 수 있는 시대입니다. 이러한 시대를 살아가는 우리들에게 이 책 『남식』이 주는 삶에 대한 용기와 더 넓은 생각의 샘이 팡팡팡 샘솟기를 기원드립니다.

하루 5분나를 바꾸는 긍정훈련

행복에너지

'긍정훈련'당신의 삶을
행복으로 인도할
최고의, 최후의'멘토'

'행복에너지
권선복 대표이사'가 전하는
행복과 긍정의 에너지,
그 삶의 이야기!

'긍정훈련' 당신의 삶을 행복으로 인도할 최고의, 최후의 '멘토'

하루 5분, 나를 바꾸는 긍정훈련

행복에너지

권선복 지음

인터파크
자기계발 분야 주간
베스트 1위

권선복 지음 | 15,000원

권선복

도서출판 행복에너지 대표
지에스데이타(주) 대표이사
대통령직속 지역발전위원회
문화복지 전문위원
새마을문고 서울시 강서구 회장
전) 팔팔컴퓨터 전산학원장
전) 강서구의회(도시건설위원장)
아주대학교 공공정책대학원 졸업
충남 논산 출생

책 『하루 5분, 나를 바꾸는 긍정훈련 - 행복에너지』는 '긍정훈련' 과정을 통해 삶을 업그레이드하고 행복을 찾아 나설 것을 독자에게 독려한다.

긍정훈련 과정은[예행연습] [워밍업] [실전] [강화] [숨고르기] [마무리] 등 총 6단계로 나뉘어 각 단계별 사례를 바탕으로 독자 스스로가 느끼고 배운 것을 직접 실천할 수 있게 하는 데 그 목적을 두고 있다.

그동안 우리가 숱하게 '긍정하는 방법'에 대해 배워왔으면서도 정작 삶에 적용시키지 못했던 것은, 머리로만 이해하고 실천으로는 옮기지 않았기 때문이다. 이제 삶을 행복하고 아름답게 가꿀 긍정과의 여정, 그 시작을 책과 함께해 보자.